美しき野蛮人、バルタバス

テレサに捧ぐ、
そして、サン＝マルクの馬たちに

美は、幸福を約束する
スタンダール『恋愛論』

普遍とは、壁のない場所である
ミゲル・トルガ『Traco de Uniao』

目次

序章

大厩舎の幅いっぱいに、白い布がぴんと張っている。ヴェルサイユは昔ながらの薄明かりで、王立馬術場までもが満たされた。アーチ天井から、霧雨のような光がこぼれ、モリン・ホールの哀愁を帯びた調べが流れる。手回し式のモンゴル二弦琴、モリン・ホールの取っ手には、馬の頭が彫刻されている。

黒いシルエットが長く伸び、バルタバスがオリゾンテに騎乗して、宮廷《かみて》のほうから現れる。バルタバスのお気に入りのルシタニア馬の、丸みを帯びた首とまっすぐな額が見える。馬とその乗り手の区別はつかない。互いに混ざり合い、ひとつになり、伝説の半人半馬となる。影絵のケンタウロスは、パッサージュからピアッフェを始める。

軽快なリズムは、時に止まり、馬は速歩の足並みで地面を蹴って踊る。跳ね、飛び上がる。まるで重力など存在しないかのように。遊びなのか演技なのか。それは芸術であり、挑発でもある。魔法にも、詩にも、祈りのようにも見えるが、はっきり何であるとは言いきれない。虚空と地面を行き来する旅は終わることがない。そして突然、幻影は消える、庭園《しもて》へ。ムラーノ製ガラスのシャンデリアが灯る。ヴェルサイユに現代の時間が戻ってきた。もしかすると、私たちは夢を見ていたのかもしれない。

秘密を暴き出したい思いに私は駆られた。影で縁取られた顔、その名騎手の仮面を剥ぎとり、この生きたモデルをフレスコ画で描きたくなる。フレスコ画に描かれた肖像は、バルタバスが見せかけている騙し絵の裏にある真実を、暴くことができるだろうか。

黒い牡馬

バルタバスは、頭さえも、細長く楕円形で、旧石器人のように骨張り、長い首の上に、馬のごとく誇り高くおさまっている。正面から見れば肉食動物。側面から見れば草食動物。一メートル八十四センチの体格。

額は広く、鼻梁はわずかに湾曲し、鷲鼻、動く鼻孔、そして角ばった顎。眼窩のくぼみの奥に輝く眼は、動くものを何ひとつ、たとえ小さな揺れさえも見落さず、三六〇度の視野を持ち、すべてを見張っている。見聞きしたものを記憶する能力は驚くほどである。バルタバスは、記憶過多族に属している。スピノザが書いたように、「人間は馬のような完璧さを併せ持たない」。

身体は強いが繊細であり、脂肪をそぎ落とした筋肉は毎日の訓練によるものである。訓練を怠れば、彼は衰弱してしまうだろう。訓練を欠かさず、今以上のものを目指している。同時に何者も彼の自由を妨げることはできない。捕まれば、彼はすぐに逃げ出すだろう。閉じ込められれば苛立ち、地面を蹴るだろう。束縛されれば、馬が後脚で立ち上がるように怒るだろう。彼は閉所恐怖症で、開けたスペースと広い空が必要だった。遠くに地平線を望み、季節の確かなリズムを肌で感じる必要がある。

馬という生き物は、不可能を可能に変えるような能力を持ちながら、何かあれば本能の命じるままに一目散に逃げ出してしまう。そして、バルタバスは臆病であるがゆえに、より神経質である。彼は人間を信頼しない。人間とは——たとえ背広姿であったとしても——狩猟者だと思っている。バルタバスは狩猟者たちのこれ見よがしな態度に、決して屈しない。厳しい手段に対しては、より強く抵抗する(たとえ鍛え上げた運動選手であっても、牡馬の力には太刀打ちできないだろう。なんといっても、六〇〇キロの抵抗力なのだから)。狩猟者たちの求める虚勢、性急さ、効率主義、見栄、安住、権力、財産といったものと相容れることができない。バルタバスは落ち着いて馬に話しかける。馬とバルタバスは互いに理解し合い、両者は似通って見える。しかし、相手が人間だと正反対の態度を取る。自閉的かと思えば、大胆で、視線を合わせず、ぎこちなく、乱暴になることさえある。馬とは信頼し合うというのに、人に対してはただ警戒心を見せる。そのことは、舞台に登場するときは必ず馬に跨っていることとも無関係ではないだろう。自らの分身であり相棒である馬がいないと、バルタバスは不器用になり、動けなくなる。彼が騎馬演劇にたどり着いたのは、選択というよりは必然であった。

カンヌ国際映画祭のことを思い出す。率直な自然界とはおよそ対照的な、冷淡さと虚飾に満ちた映画祭の雰囲気の中で、招待作品『ジェリコー・マゼッパ伝説』を、彼は乗馬ブーツ姿で紹介したのだ。ロデオ馬さながらの反乱だった。映画界の権威が手なずけようとすれば、バルタバスは彼らを敵と見なし、記者会見でジャーナリストたちから質問されれば、彼はそれを脅威と見なした。彼は喧嘩をしないためだけに、質問に答えていた。バルタバスが自分のテリトリーを離れることはめったにないのだが、そんなときの彼は社交的ではなくなり、粗野な態度で鼻を鳴らし、謎めいた態度で人を煙に巻き、息も荒くなる。カクテル・パーティでは、穴居性の動物のように自分の殻に閉じこもってしまう。彼は機嫌よく愛想をふりまくタイプのアーティストではない。昔風のサーカスで使われていた機械仕掛けの馬でもない。まして、出し物のひとつなどを演じることはありえない。それどころか、喝采さえも嫌っている。誤解さえ生じないならば、カーテン・コールもやめてしまいたいくらいだ。バルタバスにとってカーテン・コールは虚栄心に満ちた儀礼にすぎず、共感する魂とはまったく無関係に思われる。

バルタバスに近づこうとしても、彼は離れて身を隠してしまうだろう。しかし、知らんぷりをし、背を向けると、彼のほうから近づいてくる。まるで飼い馴らされていない動物だが、彼はそうした動物と同じように人を引きつける天性の魅力を持っている。頑固な相手を説き伏せることを楽しんでいるかと思えば、仏頂面をして見せる。突然、怒り出し、後肢を蹴り上げる馬のように荒れ狂ったかと思えば、嫌味なまでに丁寧な態度を取り、とめどなく饒舌になる。そうした彼の行動は、自分の臆病な部分や、繊細さを隠すための方便であることが多い。彼の矛盾に満ちた態度を見ていると、私はオーバックを思い出す。オーバックは、私が飼っている十二歳のトロッター馬だが、私へ愛着を表すのは、きまって私が愛想を尽かしたときだ。オーバックは馬房の扉から頭を出して、私を見張る。私が近づくと、彼はくるっと背を向け、すねて、しばらく会いに来なかったことをとがめる。私も負けじと、まるで失恋した男のように、去っていくふりをする。するとどうだろうか、オーバックは身を翻し、鼻を私の背中にこすりつけ、髪の毛を軽く噛み、手をなめ、優しく私の身体を押し続ける。私は身を任せるしかない。だが、こちらから撫でてやろうとすると、即座に手をはねのけるのだ。甘えるという言葉は、彼の辞書にはない。オーバックは慎み深く、頑固だ。自ら好意を見せたり、感情を明らかにしたりすることを嫌っている。そのくせ私と一緒に駆歩《ギャロップ》[*1]し、大きな障害を飛び越えることをいつも楽しみにしている。そうした無骨な態度こそが　心の奥底に隠された忠実さや、ダイヤモンドの原石のような愛情の表出なのだ。

「来ないかい」とバルタバスが連絡してきた。それは数日、あるいは数週間、こちらから連絡しなかった時のことだった。「新しい作品のアイデアを話したいんだ」。または、「新しいルシタニアの馬を手に入れたから、見に来いよ」。そんな言葉は、いつも口実でしかない。人から友情や尊敬を示されると、嫌々ながら受け入れているという顔をする。しかし、友人の姿が見えなくなると寂しさに襲われ、相手を失望させてしまったのではないか、失礼なことをしでかしたのではないかと不安になる。そして、友情の証が欲しくなる。実のところ、バルタバスは他人から認められることを強く望んでいる。およそ社交性のないこの男が、なにゆえに感激の面持ちで、誇らしげにトロフィーやメダルを受け取るのか、私は時おり不思議に思うのだ（最近では、農事功労賞を農林大臣じきじきに授与された）。だが、その答えは厩舎に行けばわかる。馬はその鍛錬に従って、褒美を得ている——騎手からひとつかみのリンゴ飴をもらったり、うなじ革に飾りをつけてもらったり、色とりどりの勝利の馬着を着せてもらったりするのだ。表彰するのが名だたる機関かどうかは、バルタバスにとってはどうでもいいことだ。だが彼は、「いいぞ」、「そう、その通り」といった褒め言葉が、馬たちにとって優しい感謝の言葉になり、よりよい作品へとつながることを知っている。

ある夜、『エクリプス』公演ののち、獣整体師で獣鍼師で獣医の、今は亡きドミニク・

ジニオーが調子の悪い馬を診に、オーベルヴィリエにやって来た。ジニオーは手ぎわよく的確に、彼にしかわからないツボを見つけ、脊椎を触診し、脚を引っ張り、首や耳を指圧する。その結果、馬体のバランスの崩れは修正され、柔軟さが戻った。「そうだ、ドミニク、君が来てくれてよかった。ぼくもちょっと凝っているようなんだ」と、バルタバスは馬房の外の床に横たわった。ジニオーもその場に膝をつき、音を立ててバルタバスの骨の位置を変え、筋肉を強く叩いた。とたんに、バルタバスは気持ちよさそうに身体を震わせ、立ち上がった。

バルタバスは苦痛に襲われても声を立てず、愚痴も言わない——馬という動物はそういうものだ。犬は吠える。猫は鳴く。しかし、馬は声を上げない。彼らの祖先は、敵に気づかれる危険を避ける方法、肉食動物を刺激せず、苦痛を内側に閉じこめて、姿を消す方法を学んだ。だから、馬をよく知らなければ、彼らの苦痛など理解できない。その沈黙の訴えを聞き取り、いかなる変化も見せない外観に隠された不安を読み取り、目の奥にひそむ黒い光を見つけなければいけない。馬は動物の中でも、特に秘密に満ち、ストイックで、威厳を備えている。バルタバスを理解するには、彼をじっと見守っていればよいのだ。彼の真実の言葉は、身体そのものである。有無を言わせぬ口調で話し、意識的に虚勢を張った独演を演じて、人の話を聞かない。しかし、言葉でなく、女性的で繊細な手や腕の表情がより多くを語っている。彼は馬に向かって怒鳴ることは決してないが、人に対してはよく怒鳴りつける。

いずれにしてもバルタバスは、彼の世界の支配者である。彼の法がジンガロ厩舎の法であり、この遊牧民の一団を律しているのだ。いななき、尻を蹴り上げるのは彼だ。この頑固な怒りん坊に逆らうことはできない。彼は子どもの時からのためらいを引きずりながらも、愛することを知っている。一緒に働いている者たちが、それぞれの花を咲かせる（すてきな言葉だ）ことができるよう、力を注いでいると何度も聞いた。彼は孤独であると同時に集団の一員でもある。自分の領土であるバルタバス帝国の拡大を喜びながらも、馬房で立ち小便をする。この先、年を重ねていけば、彼の権威はさらに増すであろう。外部から新たに誰かが加わった場合、彼はその人間が大切な人材なのか、困り者なのか、はたまたライバルになるのか、遠くからでも鼻でかぎ分けられる。バルタバスが人を支配するのであって、彼自身が何者かに縛られることは絶対にない。知人は多いが、友人はごくわずかである。自分はバルタバスと親しいとふれまわる者は、嘘つきだろう。彼には決してうかがい知れない部分、近寄りがたい部分が常にある。ブラシをかけられ、愛撫を受けていたにもかかわらず、つい馬銜《はみ》[*2]を着け忘れたばかりに、誰かの――あるいは何かの――呼び声に応え、森の奥深くへ一目散に逃げ去るような馬。そのくせ、日暮れになって元気を取り戻し、乾いた泥を体につけて戻ってくる馬、それがバルタバスなのだ。

芸術家バルタバスは鋭い第六感を持ち、馬の知性を借り受けている。つまりは文明より本能を信じ、後天的なものより先天的なものを尊び、常識的な考えに囚われていない。どんな理論も彼の創造を支配することはできず、どんな概念も彼の芸術を規定することはできない。作品の創造者として彼が当てにしているのは、色彩、音、匂い、立体感だ。バルタバスは馬の乗り手として、馬たちの目を見て、また騎座[*3]で、その意志を読み取り、それぞれの馬が個性を存分に発揮できるように導く。彼は馬の生来の気質の発展に手を貸しているだけで、個々の馬の向き不向きを無視して、後退駆歩や躍乗を無理強いしない。なぜなら、どんな優れた高等馬術の著名な調教師が訓練したとしても、子どものように開放された喜びのある完全な美には到達できないことを、彼はよく知っている。彼が作り出した作品は、オーベルヴィリエの木造テントにおいても、ヴェルサイユの王立馬場においても、馬の性質に合わせた即興的な場面に重点を置いている。以前は、フリージアンのジンガロが、登場する馬たちの中でも重要な役割を果たした。馬たちはまるで危険のない草原にいるかのようであった。駆けっこをし、滑るような速歩《トロット》[4]で進み、肩や尻を優しくぶつけ合い、首やたてがみを互いにグルーミングし、砂埃の中で厳粛な挨拶をかわす。子どもたちが遊ぶように脅かし合って、地面を引っ掻いては転がり、立ち上がり、体をブルッと震わせる。その動きがきわめて自然であるため、数メートル先で見入る観客など意識していないようにさえ思える。「古典馬術とは、騎乗用の馬に野生の馬と同じような動きや姿勢を与えようとすることである」と、ドゥカルパントゥリー将軍が主張したのは当然なことである。バルタバスは騎乗することで、馬たちに、野生のままの優雅さと落ち着きを与えようとする。ともあれ、彼は決して馬に乗るとは言わず、馬に入ると言う。馬の「上」ではなく「中」なのだ。

馬の化身とも言うべきこのバルタバスは、おそらく自分の過去を振り返れば、年老いたと感じるだろう。将来のために働かなければ、まるで死んでしまったと感じるだろう。彼にとって大切なのはこの瞬間であり、夢を広げ、創り出し、決断することがなければ存在しない。彼は活動することによって奮い起ち、そのことによって、より姿勢を正し、首を上げるだろう。あまり眠ることなく、かりに眠ったとしても立ったままかもしれない。物事を見過ごしたことを後で悔やまないよう、そして用心を欠かさないよう、するべきことで手いっぱいである。常に前に進み続け、自分の力の限界を意識せず、身体が知らせるサインさえ無視する。それどころか、病に倒れる可能性や、死が避けがたいものであるという事実すらも頭から閉め出している。いつの日か、バルタバスは仕事の最中に倒れるだろう。動きながら逝ってしまうだろう。駆歩を続けているうちに死神に刈り取られてしまい、戦士と聖職者の顔を持つ英雄となるだろう。

しかし今のところ、彼はヘラクレス的な力を全身にまとうことによって、その脆弱さを隠す一頭の馬である。暴走する激情の中、彼は鼻を風に向け、自然の障害を残らず飛び越え、野生の子どもの感性を抱えたまま大股で地を駆ける。荒れ狂う感情を抑え、変化させ、操ることで、誰にも想像できなかった純粋な芸術を無造作に、忽然と創り上げる。

バルタバス——彼は馬であり、人がまどろんでいる時に、ひとり見張りとして目を凝らす。

訳注

*1　駆歩（かけあし／ギャロップ）　三拍子で駆ける歩様。一分約三四〇メートルの速度。
*2　馬銜（はみ）　馬の口に入れて操作する器具。
*3　騎座　腰から膝までのバランスや座り方。
*4　速歩（はやあし／トロット）　二拍子で駆ける歩様。一分約二二〇メートルの速度。

異端児

私がジンガロへ行くようになったのは、もちろん馬が好きだからだ。ジンガロに何度も通ううちに、バルタバスのことも好きになった。なぜなら彼の作品が、馬はそのままでも美しいという事実に頼りきっていないからだ。彼は前代未聞の馬術によって馬の新たな可能性を引き出し、その輝かしい伝説を再生しようとしている。私はそこに引かれたのだ。

熱心に馬を駆り、競技会などでよい成績を求めていた私は、バルタバスから感動を教わった。騎馬行進を賑々しく行なうと、馬たちはくたびれ果てる。彼らの首は汗でびっしょりになり、胸先は白い泡で覆われる。しかし、バルタバスの作品に登場するのは、強く高い芸術性を持った馬で、毛並みは輝いているものの、そこには一滴の汗も見当たらない。巧みな乗馬は、静かに乗ることを可能にする。この時生まれて初めて、私は静けさと美しさの国を発見したのだった。

ジンガロに通うようになってすぐに、そこが親しみのある場所に思えた。馬たちの小さな王国では、誰もが友だち同士で暗黙のうちに了解しあい、私にはわからない言葉で話していた。彼らはみな確かな知識を持ち、穏やかであると同時に情熱的だ。無造作な態度で人に接し、話し方も親しみに満ちている。彼らは新しい馬術テクニックを編み出し、マニュアルを作り出す一方で、過去の偉大な技を再発見している。たとえ、まったく新しい技術を試しても問題はない。なぜなら十八世紀以来、この旧大陸の馬術は全く変化していないからだ。昔を懐かしみ、現代においても過去の技術の延命を図っているだけだ。ウィーンでも、ヘレスでも、ソミュールでも、かつてのヴェルサイユ宮廷と同じやり方で馬を操っている。人は変わり、馬たちも変わるけれど、「肩を内へ」[*1]の規則や、パッサージュ[*2]、ハーフパス[*3]の方法は変わっていない。唯一の例外は障害飛越で、以前は騎手の身体と馬体が離れていたけれど、現在は騎手が身体を前に倒して馬と一緒に跳ぶという、より合理的なやり方が採用されている。

　食事の時は外向的におしゃべりをし、馬に乗れる時は内気になって黙ったままでいる。そんなふうに親しくなるずっと以前は、私たちはちょっと顔を合わせても、打ち解けることなく、信頼関係はあっても互いのことをよく知らなかった。そういえば、そのころ私は恋いこがれたフレンチ・トロッター馬のことを、彼に打ち明けることもできなかったのだ。どうしてこの男がこれほどまでにほかの人間と異なり、豊かな発想を持ち、斬新で理解不能なのかと、私は観察を続けていた——ちょうど映画『ジェリコー・マゼッパ伝説』で、ヴィクトール・フランコーニの姿を薄明かりの中でデッサンしていたテオドール・ジェリコーのように。バルタバスはこれまで私が師事を望んだどんな騎手とも似ておらず、私が実際に師事した調教師たちや、印象に残っている障害競技やクロスカントリーのチャンピオンとも共通点がない。

バルタバスは、私が知っていた世界――スタンダールとバッハ、イタリア・ルネサンスと十八世紀啓蒙時代の清冽な散文、フランス庭園とイギリスの霧、ジロドゥーの少女たちと『危険な関係』、アンジュ地方の光（その中で私はポール・モランのミラディ号に騎乗することを夢に見た）とオージュ地方の樹林（そこで私はオーバックに乗って楽しい時間を過ごした）――と対照的な存在であった。そんな私の目の前に忽然と現れた小宇宙では、神聖なるものも不可侵の礼拝堂には納められず、詩編は文字で書かれることなく、特権は贅沢でなく、音楽は楽譜に基づかない。そこではヴォルガ川がガンジス川に合流し、馬たちが静謐にしてリズミカルな表現で遁走曲の演奏を助けつつ、未完の祈りを捧げるのだ。

確かに、バルタバスは見事な馬術を披露するが、それをどのように形容すればよいのだろうか。たとえば、ヌーノ・オリヴェイラ、ジャン・ドルゲ、クリスチャン・カルドゥ、マーク・トッド、ジョン・ワイティカー、ほかにもたくさんいる名騎手に比べて、どのように表現すればよいのだろうか。バルタバスと馬には特別な関係がある。親密で大胆なまでに官能的、力強くて繊細である。彼と馬のそんな関係に私は戸惑った。バルタバスの馬術には、高等馬術に見られるような虚栄心はなく、彼は騎乗に華やかさを求めなかった。一見すると荒々しい表現であるが、その裏に、長い経験に基づく知識とびっくりするような無邪気さが、潜んでいることに私は感心したのである。『ジェリコー・マゼッパ伝説』の中でバルタバスは、「馬を知るということは、私自身が馬のゆったりとした魂に沈み込むことだ」と語っている。

肩は馬の背と平行をなし、腰はくぼみ、胸は天秤棒のようにまっすぐで、拳は軽く手綱に添え、外界に対しては注意を怠らず、内面においては調和を維持し、ぴんと伸ばした脚で馬体をはさみ込む。見た目では、バルタバスは古典的な騎手の姿そのものだ。ボーシェーの本を読み、ポルトガルで訓練を受け、ロワール河の岸辺で育ち、その背には長時間の速歩を可能にする力がつまっているように見える。しかしながら、すべては独学で身につけたものだった。彼は古典馬術を無視し、その約束事を知らず、古いヨーロッパ馬術の輝く伝統からは外れている。そして、私が訪ねたさまざまな場所——上品な馬術学校、過ぎ去った時代の栄光を守るために四苦八苦している馬術シンポジウム、純粋種馬を永続させようとしている見本市、馬術文化を支える優れた市民学校、肩書きやメダルや利益を求める野心家のために開催され、曇り空の下、国歌が流れる競技会——そうしたあらゆる場所で、バルタバスはひどい言われ方をしている。確かに、バルタバスが率いる放浪の民は彼らの同類ではない。目障りな存在なのだ。彼の悪党面は、赤い上着に白いネクタイをしめた名士たちをいらだたせる。バルタバスの名声が高くなるほど、意地悪な噂も流しやすくなるのだ。

騎手が謙虚であることはまずない。とはいえ、バルタバスの強い自己主張は非難の的になりやすい。利益を追い求める人たちは、バルタバスを「金儲け主義」と糾弾する。バルタバスが馬をだめにすると陰口を叩く人もいる。本当に馬の乗り方を知っているのか怪しいものだ、と。七月のある晴れた日曜日、ドーヴィルの馬術競技会会場では、カンナンに騎乗したミシェル・エカールが順位決定戦を大股で駆け抜け、グランプリに集まったライバルたちを蹴落としていた。私はその日、バルタバスをある意味で気に入っているフランス馬術連盟の会長に、馬を調教しているのはバルタバス本人であることを理解してもらおうと努めた。しかし会長は、バルタバスは誰かが入念に準備した馬にちょっと乗ってみせているだけで、なんの努力もせずに、鞍も鐙も揃った名馬を手に入れているだけだと、主張して譲らなかった。そこで私はオーベルヴィリエのほの青い早朝について、あるいは凍るように寒い冬の夜について語った。頑なくせに人を信じやすいこの男が、仲間たちがまだトレーラーで眠っている時間に、疲れの色さえ見せず、取りつかれたような熱心さで、ただひとり長時間にわたって、馬銜受け屈撓《くっとう》[4]し、身体を丸くした馬を走らせていることを話した。そうした作業の中で彼はくつろぎ、新しい発想を探すのである。『シメール』の静止や、『トリプティック』のピアッフェ[5]、もしくは『ルンタ』の後退は、二〇世紀を代表する古典馬術家オリヴェイラの金言を毎日ひたすら実行することから生まれたのだ。「考えを持って馬を訓練することは、人の喜びである。人は自己本位にならず、与えることを惜しまなくなる」。会長はこの話に大きな感銘を受け、驚きを見せた。彼女は公明正大な人物であり、私が話したバルタバスの真の姿に納得したようだ。別の言い方をすれば、それまでは嘘の話を信じていたということだ。人はいつでも、美しい伝説を貶めるような噂話を信じるものだ。

　中央ヨーロッパの男性的な軍隊とキリスト教の影響を受けたすべての馬術文化の決めごとを、バルタバスは一変させた。馬術文化の世界とは、たとえばサン・ユベールで行われているように、礼拝堂の大理石の床をかかとで打ち、司祭に神の祝福を願うとか、ホルンの高らかな響きで猟犬を放つ狩猟である。普通の人々にとって、馬術とは修道院のような厳しい規則に縛られた行為であり、宗教なしで苦行を行う計り知れない魅力であり、粗末な生活を懐かしむものであり、厳格さへの哀悼とも考えられている。

だが、ここに身分証明なしのケンタウロスがいる。出生証明も家柄証明もなく、ごろつきのようなおかしな格好をして、シャーマニズムや仏教に教えを求めながら、ヨーロッパの古い大聖堂の低い声と、インドの朗吟マンガニヤールを混ぜ合わせる。パリ北郊に、ベルベル族の歌手、カラリパヤットのダンサー、チベットの僧侶を呼び寄せる。そのうえ、純血種、ルシタニア、クォーター・ホース、ペルシュロン、ロバなどを混在させる。日曜日には競馬場に通い、馬券を買うために高く手を上げ、ジョッキーの鞍に跨りたかったと明言する。十年もの放浪生活でラバに跨り、曲乗りをしてわかったことは、オリンピック・チャンピオンは高い金を払って名馬に乗っているだけだ、と断言する。日に日に両性的な優美さで騎乗するようになり、馬上ではより軽快に、馬たちの自由に生きる喜びを再現する（八〇年代の初め、バルタバスは日々熱い鉄を打つ装蹄師のような広い肩幅の持ち主だったが、二〇年後には、ヌレエフの弟子さながらの繊細で柔軟な身体を獲得するに至った）。しかしながらバルタバスは、セント・ジョージ・クラス[*6]の競技会に参加したことも、エクス・ラ・シャペルの巨大な三段障害を跳んだこともなかった。全速力で馬を走らせている姿さえ誰ひとりとして見たことはなく、バドミントンでの壮大なクロスカントリーに参加したこともない。彼は競技会には全く興味を持つことがなかった。だからといって、グリュスやブーグリオンといったサーカスの仲間に、より親近感を抱いているわけでもない。バルタバスは以前から、どんなものであっても動物に出し物を覚えさせるのは、グロテスクで下品なことだと思っていた。民俗芸能的なものも嫌っている。フランスでも、ロシアやベルギーでも、バルタバスはむしろ演劇フェスティバルやダンス・フェスティバルに参加することを好んだ。馬たち自体がメタファーとなって詩を表現し、初見の客たちはそこに新しいダンスを見出すのだ。

バルタバスは他人に気に入られようと、奇をてらうことはない。彼が人気を勝ち得たのは、愛想がよかったからではない。彼は流行を断固として拒否し、自分が十分に質の高い作品をつくっていないのではないかという恐れをいつも抱いている。シムノンが一九七七年九月七日、フェリーニに告白したことを、私は思い出す。「読者が広がれば広がるほど、読者に対しての責任の重さを感じるし、毎回、自分の作品にはそれだけの価値がないように思えてくる」。バルタバスの人を引きつける不思議な魅力は、気むずかしいうえに超然としているところである。作品が不可思議であればあるほど、一貫性は高まり、より世界の普遍性へとつながる。それにしても、バルタバスの作品は何も語らない。物語はなく、台詞もなく、笑いやテーマもなく、記憶に残るような構成があるわけでもなく、メッセージもほとんどない。現代社会に失われた調和ある世界、自然の中にいる理想的な人間が夜に見い出すであろう至福の世界の映像を見せ、観客の心を除々につかんだのだ。力ずくでなく、急ぎもせず、馬とともに積み重ねた信頼を持ち、虚飾を取り払った純粋な動きで馬に乗る。バルタバスが与えるものは、観客や馬によって、百倍にも大きなものとなる。

芸術創造の長い歴史を持つフランスにおいて、表現が模倣になりつつある現代に、バルタバスはまったく新しいものを作り出した。その繊細で力強い手が、はかない栄光を作り上げる。反逆者の心をシャーマンが鎮め、放浪者は馬に乗って恍惚へと導かれる。この野心家は忍耐という隠れた武器を持ち、しかも誰にも似ていない——彼以外の誰にも。そして彼は謎のままだ。おそらく、ただ馬たちだけが彼の正体を知っている。しかし、馬たちはバルタバスの秘密を神以外に打ち明けることはないだろう。

この本の中で私が語りたいのは、バルタバスと同時代を生きる幸運についてだ。痛切に感じていることは、彼が逝ってしまったあとには、木と布のテントの下で創り出されたものは何ひとつ残らないだろうということ。バルタバスが魂を操った夜の儀式の香りや色、その生きた魔術を、映像で再現することはできないのだ。不滅と信じられた巻き毛の馬、永遠の黒い筋肉の馬、ジンガロはすでに死んでいる。だからこそ、バルタバスのことが気がかりだ。現れた時と同じように、そっと姿を消しかねない男だから。騎馬芸術の創始者という称号、この芸術に必要な新しい音響と照明を生み出したこと、学校を創設したといった実績や思い出の中にバルタバスが生き続けることはないだろう。バルタバスはとどまることはない。いや、とどまるとしたら、それは彼が誇りを捨てた時であろう。

理想を追い求める男は、最後には神的な真理へと辿りつく。そこに広がっているのは、キリスト教の聖職者としてイスラム教国を渡り歩いた苦行僧フーコー子爵が見た、終わりなき砂漠の孤独の白だろうか。だからこそ、私は現在の創造の最中にある彼を捉え、その肖像を書き上げたい。彼が消えてしまう前に。いや転生する前に、と言うべきだろうか。

訳注

*1　肩を内へ　高等馬術を行うための柔軟運動のひとつ。
*2　パッサージュ　前肢を上げ飛節が沈む速歩の一種。
*3　ハーフパス　前肢を交差させながら斜め横へ進む歩法。
*4　屈撓（くっとう）　馬の首を湾曲させたり、輪乗りの円に沿って全身を湾曲させる状態。
*5　ピアッフェ　その場で前肢の足踏みをすること。馬術の高度な収縮運動のひとつ。
*6　セント・ジョージ・クラス　国際馬術連盟で定められている競技のひとつ。参加への難易度は高い。

王道

その時、少年は七歳か八歳だったはずだ。当時の記憶は曖昧だ。だが、郊外の祖母の家であったことは、はっきりと覚えている。その頃、家族の中で、家にテレビを持っていたのは祖母だけだったので、これは間違いない。ある夜、「フロンド党のティエリー」を見るつもりでソファーの上に丸くなっていた少年は、偶然、小さなブラウン管に現れた、引きつった目で、騎士の称号を与えているかのように人差し指を突きだしている、獣のようにゆがんだ顔に魅せられた。

チックで引きつる口からあふれ出るのは、際限のないしゃがれ声、哀詩の朗唱とも謎の神託ともつかない言葉、そしてフィルターなしのインド煙草の白い煙だった。歯のない仮面やガリガリにやせた小さな影像に囲まれた、その獣のような人物はトランス状態だった。クレモン少年は、それ以前にこのような人種を見たことがなかった。少年はソファーに座り込み、白黒の画面の中のいかにも不健康そうなやせこけた身体や、はっきりする前に消え去る思いつきを捕まえようと、見えない蠅を叩いているように振り回す長い腕に見入った。それは、アンドレ・マルローだった。

その夜、クレモン少年は大きな衝撃を抱いたまま眠った。その番組は連続番組だったらしく、数日後に、彼は小さなブラウン管で続きを見ることになった。ツイードにネクタイをしめた不思議な予言者は、英雄譚さながらの人生を語った。サンスクリット語を学び、インドシナ、ペルシャ、インド、日本をまわり、メキシコやギリシャも旅したこの予言者は、アヴァタールの洞窟で見たものをこう語った。「エローラの石窟に刻まれた破壊神シヴァの叙事詩は、柱状巨石群メンヒルのように並べられていた。数世紀に渡って、シヴァ神は岩の直撃を免れてブロンズ像の神様となった。宇宙の無意味さを知るシヴァ神は、その間ただひたすら踊り続けた」。薄明かりの中で、クレモン少年はこの浮遊する知性の儀式、混沌とした情熱、興奮した口調のモノローグに徐々に馴れ、少しずつ内容がわかるようになってきた。映像や音声に接しているだけで、息苦しいジャングルに連れて行かれ、厳かで激しい大河にさらわれたような気分になった。例えて言うと、大河が大きな渦を巻いたかと思えば、嵐が去り、静けさが戻ってくるような感覚である。話題は、ピカソかと思えばクメール寺院、スフィンクスが大聖堂に、ゴヤかと思えばラスコーの壁画になり、ヴラマンクが黒曜石の頭像の話に、ブードゥー教の礼拝がフォンテーヌブロー派に、ピエロ・デッラ・フランチェスカとシャルトル大聖堂の正面の聖人像、神話、変身、聖人、非現実で、時間を超えて、人類の運命に対する芸術の勝利などであった。その回想の狙いは、世界をひとめぐりすることであった。

クレモン少年は、それほど多くを理解したわけではない。パリ郊外のヴェリエール・ル・ビュッソンで観たこのマルローの呪いの言葉や断言は、はたしてフランス語だったのであろうか。しかし、断片的にではあっても、即座に理解できたこともあった。それが自分でも気づかないうちに、彼の人生を決定づける。ひとつの文明から異なった文明へと瞬時に移行する方法が、この番組で紹介されたのだ。マルローはキリストからブッダへ、聖母から観音へと移行し、たった一編の語りで世界中の文化をまとめて、普遍性へと導き、食卓に神々を連れてきた。そして、パリ郊外のクルブヴォワに暮らす少年の心に大きな変化を与えた。変貌を遂げた彼の心は、もはやシャツの下に押し止めておくことはできなかった。マルローが、彼の夢となったのだ。

しかし結局、彼はマルローの『沈黙の声』を読むことはなかった。学校には行ったけれど、自分は独学であるとバルタバスは現在も言い張っており、本から学ぶことをあまり信用していない。言葉より活動することを好み、解釈を嫌い、自分について書かれたものは、どれも驚くほど、本当の自分に似ていないと言う。「人が宗教によって存在するように、私は芸術によって存在する」と言いながら、これがマルローからの借用であることにいまだに気づいていない。そのうえ、『シメール』、『エクリプス』、『ルンタ』などがマルローの思想の見事な反映であり、その影響がはっきりと窺われることも、自覚していないようだ。バルタバスは形態の宇宙の創設者から受けた多大な影響を意識していないのだ。「他の文明への幻想が、自らの文明や生活に独特のアクセントを与える」。

この少年が、やがてバルタバスとなる。ずっとのちになって、忘れ去られていた思い出や記憶が、彼の脳裏に電撃のようによみがえる。幻覚のような奇跡の言葉が、想像すらつかない遠い国への扉を開き、戻ることのない魔法の旅へ七歳の少年を誘った。あの時の衝撃が消え去ることはないだろう。

ゲルニカの馬

日々遠くなる思い出の国に住む親しい馬たちは、いつでも私を寛大に迎えてくれる。自分の記憶を探り、幼い時に恐れを感じたかどうか思い出そうとする。初めて馬に出会った頃に、恐怖をおぼえたとか、怪我をしたとか、ショックを受けたということが、当然あったのではないだろうか——しかし、いくら記憶をたどってみても、何も出てこない。思い出すのは、子どもの頃の優しくて上品な思い出だけだ。

馬房で手のひらのくぼみに砂糖を置いて、震えを抑えながら、唾液を垂らす黒い影にその手を近づける。食いしん坊にご褒美を与えるそんなやり方を父から教わったのを、私は今でも憶えている。シュヴルーズ谷の乗馬クラブの広大な野外馬場で、両親が大胆不敵な馬の背に跨り、何時間も見事な速歩で駆けていたことも憶えている。夏には、バルロワ城での馬術競技会に連れられていったけれど、多色の横木の上を曲線を描いて飛び越えていく競技は、同じことを機械的に繰り返しているだけでつまらなかった。トレヴィエールでのクロスカントリーにも行ったが、湿気が多い曇り空の田舎町で、胸がときめくようなことは何も起こらなかった。私の記憶に残っているのは、反復練習に従い、数珠つなぎになって蛇行するぎこちない影の列だった。あの馬場は照明が薄暗く、厩舎は清潔だった。生徒たちの赤い上着はウエスト部分が細く、鞍の後端でリズムを刻むとその裾がパタパタ翻った。乗馬ズボンは太股のところでふくらみ、革のブーツはワックスでピカピカに光っていた。低いテーブルの上には、『乗馬の愉しみ』誌が何冊も積み上げられ、ソミュールのかつての名騎手が書いた記事には白黒の写真が添えられていた。

危険な落馬、転倒、暴走といったことは何も覚えていない。一度だけ、平穏な日々を破った事件があった。確か一〇歳くらいの時だった。ある日曜日の朝のことだ。父が、始まって間もないインドアの競技会に参加した。父は白いシャツに白いネクタイ、その上に美しい黒の上着を身に着けた。家族全員が同行し、父が立派な成績を挙げることを信じていた。父は速歩で馬場に入場し、審判員に挨拶するべく丸帽子を持ち上げる。やがて、短い鐘が鳴り、最初の障害に向かってギャロップで駆け出し、なんの問題もなく飛び越えた。そして、ダブル障害へ近づくが、うまくタイミングが取れず、連続障害の足元で馬が立ち止まってしまった。飛び越える騎座を保っていた父は落馬し、頭からおがくずの中に突っ込んだ。怪我はなかった。しかし、父はおおいに気分を害した。上着のほこりをいらついた手つきで払い、おがくずまみれになった眼鏡をかけ直した。スポーツらしからぬこの馬術というスポーツが、時には礼儀正しさを失わせて、品位が保てなくなることを私は面白がっていた。

私の気楽な少年時代に起きたこの致命的な落馬は、父の人生に汚点を残し、馬のかたわらでも、鞍に乗っても、たとえ興奮した馬を相手にしても、恐れたことのない私を気づかぬうちに変えてしまった。それ以来、私は馬場に入る前にひどく緊張し、助けを求めたくなるようになった。馬に乗った時も、それまで知らなかった不信感を抱き、砂浜で全速力の駆歩をどうやって止めてよいのかわからず、あたふたするようになった。危険に敏感になり、金属製の障害の上に落ちると息が止まるのではないかと想像しては、わけのわからないいらだちに襲われた。しかし、恐れだけは感じなかった。きっと、素晴らしい力をもったこの馬という動物が意地悪でないことを、幼い頃からよく知っていたからだろう。人間だけがこの不思議な動物を制する方法を持ち、正しい目的のために使えると、私はわかっていたのだ。大人になってから、馬と理解し合い共通の感覚を得るためには、時間をかける必要があったと気づいたのだ。子どもの頃はこれといった感動もなく、無関心に馬を観察しながら、彼らと一緒にいることで安心していた。

初めての馬との出会いが、その後の馬との関係を決定する。人生は、この出会いから始まる。そして、作品にはその出会いが刻まれる。だから私は、毎週日曜日に競馬場へ連れて行かれる子どもたちが、陽光の降り注ぐ草地で愉しむ、はつらつとしたサラブレッドの姿ではなく、障害レースで敗北する姿を目にして、将来どんな大人になるのか、ときどき不安になる。また、あまりに幼いうちに鞍に乗せられ、落馬して痛い目に遭ったがために、理想的な調和が学べるはずの乗馬を、生涯にわたって嫌うこともあるだろう。

ピカソが生涯を通じて描いた馬の多くが、どれも変形し、ねじれ、醜く苦痛に歪んでいるのは、彼が子どもの頃に、馬を嫌悪しつつも魅了されていたからだろう。十九世紀末、馬はまだ装飾的な馬具をつけておらず、おろそかに扱われていた。彼らは熱狂的な儀式の単なる道具にすぎず、それ以上ではなかった。声帯を切除することによって、祭りを汚し人々の哀れを誘ういななきを、封じてしまうことさえあったのだ。

パブロ・ピカソは一〇歳の時、闘牛を愛する父親に連れられて、初めてマラガの闘牛場へ行き、ラガルティーホが勝利するのを見た。テルシオで、正闘牛士が心臓を突き刺す場面を見た。怒り狂った牛は、砂埃の真ん中で二〇回以上も攻撃を繰り返した。牛の角で傷ついた馬たちが、その重たい体を地面にぶつけ、パニックと苦痛に震えながら次々と倒れる。その後、牛にとどめが刺されるまで、邪魔な馬の死体には単にシートが投げかけられるだけだった。槍を持った騎馬闘牛士のピカドールは、高らかなファンファーレに送られ、ほかの馬、もっと元気な馬に跨る。だが、その馬がまたすぐ倒される。観客は歓声をあげるが、誇り高いアンダルシア馬の断末魔には無関心だ。闘牛場には悪臭が漂い、馬の死体には蝿の大群がむらがる。美しいルシタニア馬はバラバラにされる。「馬の死は喜劇であり、牛の死は悲劇だ」とヘミングウェイは平然と書き記している。殺戮に対する自身の美的感覚がどれほど嫌悪すべきものなのか、彼は考えたこともないのだ。

ピカソ自身も、殺戮には興味があったはずだ。引きつった目、逆さになった頭、血まみれのたてがみ、焼けた砂の上に広がった内臓に間違いなく感動し、深紅の臓物が放つ赤と金色に彩られた権威的「ミサ」に奮い立ったであろう。一九二八年には、ピカドールの乗る馬を守るための馬具が禁止され、虐殺から演劇的要素を剥奪した。マラガのプラザ・デ・トロスをうろついていた時代に、切り刻まれた馬や狂った頭のデッサンを描き続けた。そのなかでも象徴的な作品は、黒地に描かれたゲルニカの馬である。その鼻孔は醜く、口元は残忍に開き、舌のような細い牛の角が突き出ている。

鹿毛の寂しそうな馬に跨った黄色い衣装のピカドールをピカソが初めて描いたのは、九歳の時だった。偶然にも、同じ九歳の時、バルタバスは両親が持っていたピカソの画集を見たことを覚えている。まだ少年ともいえない歳で、バラバラになった頭や体を見たのだろう。その後、このぞっとする光景を忘れることはなかった。ページをめくれば、罰せられ腹を切り裂かれた馬たちが次々と現れ、もの言わぬ苦痛はとても人間的だった。あまりにも人間的だった。この死の幻影は彼を苦しめた。マルローは、バルタバスに広大な世界へと続く秘密の道を見せた。ピカソは、死によって作られるスペクタクルを提示した。『騎馬オペラ』でベルベル族の女性が手に持つ切り取られた馬の首、『ジェリコー・マゼッパ伝説』で流れる血、『トリプティック』で飾られた馬の骸骨などは、この記憶がもとになっている。子どもの時に味わった恐れは、ピカソが描いた馬、つまり贖罪のために神へ捧げられる馬が、醜悪な仮面のように次々と描かれていた記憶である。芸術家が鉛筆一本で永遠に描きとどめた死に、引きつけられた早熟な少年は、その時の印象をそれ以後も忘れなかった。

ジャン＝ルイ・グーローが、ロシア皇帝の愛馬たちが手厚く葬られている、サンクト・ペテルブルグ近郊の、ツァールスコエ・セロ墓地の修復プロジェクトについて話した時も、フランスに馬たちの墓地を造り、巨大な騎馬像を建てたいという野心的なアイデアを語った時も、バルタバスは即座に強い関心を示し、手紙や嘆願書に署名をした。馬が病気で衰弱し悲惨な状況に陥ったとき、バルタバスは本能的に強い恐怖を感じて逃げ出す。そのくせ、死への魅惑は彼にとって強迫的なものである。『ルンタ』の騎手でダンサーである男は、ピカソに関するテキストの次のような文章に、鉛筆で下線を引いている。「牡牛がその角で、馬の腹に扉を開け、鼻面をその扉のすぐ側まで近づけ、ずっと奥のそのまた奥の音を聞いている」。「牡牛は口で、馬の腹という古いワインの瓶を開ける。酒蔵は血の油で光り、焼けつくような苦痛のファンファーレが鳴り響く……」。

馬に乗るとは、自分自身の身体を忘れるほど馬と同化し、いつの日か訪れる老化を否定し、魂の離脱や再生を切望することだろう。創造とは、絶望に駆られながらも、この地上に自分が存在した痕跡を残そうとする行為だろう。バルタバス、このピカドールのようにゆったりと動く騎手は、運命を知り、つかの間のオペラが演じられるたまゆらの芝居小屋のキマイラとなり、演ずることでむなしく時を止めようとし、避けられない忘却に対抗する。つまり、舞台作品は死すべきものであり、たとえ映画であっても死ぬ運命でしかない。馬上の高み以外では、彼は常に死に脅かされ、苦痛にさいなまれる。バルタバスは自己の肉体が屈強であると固く信じ、病にかかる可能性を否定し、生年を忘れ、自らに与えた偽名の人生が永続すると考える。たびたびポルトガルに新しい馬を見つけに行き、死を宣告された馬を（馬の平均寿命は約二〇年である）、新しい馬に取り替え、過去に立ち戻ることを決して許さない。

しかしながら、ピカソの馬たちは灼けたスペインの土地で打ちのめされ、角によって傷を負い、くだけた長い首で空を見上げる。死んだ牝馬はミノタウロスによって運ばれる。屠体処理場のような悪夢だ。そして、クレモン・マルティ少年は、誇り高く簡素なタッチで描かれた『馬を引く少年』のように素朴に前進しようとしていた（一九〇六年に描かれたこの油絵は、私にとっては素朴な絵画の大傑作であり、前へ飛び出そうとする馬の最も美しい化身である）。パリのサーカスの、翼を持った馬の背では、裸の騎手が踊り、両性具有のアクロバット芸人やピエロが暖かい光の中にいる。大道芸の蹄を持った動物は、「気高さの象徴で、親密の夢」だとバルタバスは言う。そしてなにより『パラード』の緞帳となり、このバレエはバルタバスの初期の『騎馬キャバレー』にとても似ている。祭りの音楽が鳴り響き、大量のワインが流れ、自由な馬たちが手品師に力を貸す。絵の中から、サティの音楽やコクトーの甲高い声が聞こえてきそうだ。夢幻ショーはまもなく開演、アポリネールがバルタバスの登場を告げる前口上をうっとりと語る。「絵画とダンス、美術とマイム劇、すべてがここでは混ざり合い、ひとつになり、芸術とあいなりました。その結果はまさしくシュールレアリスム。この新しい精神が素晴らしいショーの数々をお見せすることになりましょう。そして、ここに生まれる新しい芸術、新しい思想が、みなさまを歓喜にあふれた世界へとお招きいたします」。「俺に驚きをくれ！」と、挑戦状をたたきつけるように、セルゲイ・ディアギレフは、バレエ『パラード』のダンサーに叫んだ。このバレエ・リュッスの団長は、きっとバルタバスを愛したであろう。本当の驚きに出会ったであろう。

少年時代

ポール・プールサン・ドゥ・ロンシャンから、ちょっとした笑顔を引き出すのに、二時間かかった。気むずかしい男である。そのうえにぶっきらぼうで、予想外に不快な男だった。私が彼に会いに行ったのは、八〇歳の誕生日の前日であった。足を引きずり、思うように動いてくれない自分の身体に悪態をつきながら歩いている。六〇年代の白黒写真の彼は、ネクタイにツイードの上着、黒いブーツを履いて、野外馬場の真ん中に立っていた。その鉄錆色の痩せた姿には、フランスの老いた名騎手にして厩舎長という高慢な雰囲気が漂っている。一九九一年九月にパリ馬術協会（ＳＥＰ）を引退したこの伝説的指導者は、その後体重が増えて背が縮んだように見える。古びた針金を思わせる節くれ立った気難しい顔。ブルゴーニュ出身の家柄の後裔だ。だから、ボジョレー・ワインをオーダーする。

すぐにはバルタバスのことを話してくれない。昔教えたことを誇りに思っているわけではないようだ。いずれにせよ、この男は話好きではない。一言二言話したとしても、ポール・モランが言いそうな年寄りの愚痴である。このごろはまったくだめな世の中になった、政治には我慢できない、フランスは自国を見限った、反動的な人間に期待している、など。どうやら私を値踏みし、探っているようだ。だから、彼が生涯を捧げた馬の話題を持ち出す。彼はパリ馬術協会を退職する日に鞍を売り、乗馬ズボン、ブーツ、鞭やステッキを人に与え、乗馬を止めてしまった。しかも、まったく後悔していない。私は突然、重大な発見をした。「乗馬を楽しいと思ったことは一度もなかった」と彼は言った。私は、ぽかんと口を開けたままだ。詳しい話が始まる。彼の一族は、先祖代々騎手であった。家業を継ぐために、彼はダッソンヴィル厩舎で、アルマン・シャルパンティエに師事した。運命を受け入れ、本当にやりたかった大工仕事は諦めた。自分にとって馬術とは、「型にはまっていない野性の馬を、礼儀をわきまえた人間に作り変える」ことだったと言う。しかし、そこに感情をあまり注いではならないと理解していた。もしかして、厩舎では金槌やら鉋やら定規などを使って調教していたのではと疑いたくなる。

太股の下の馬体を懐かしく感じることはないけれど、教える機会がなくなって寂しいという。それで週一回は、オリンピック選手の訓練場や、ブローニュの森にある動植物園・順化園隣にある広い野外馬場へ出向き、競技役員のようなまなざしでトラックを見ている。五〇年間にわたり、彼は何世代もの騎手たちを育ててきた。初めて仕事をしたロモン通りのパンテオン厩舎は、パリに最後まで残った厩舎で、十九世紀からの蜘蛛の巣が天井を覆っていた。次の仕事場となったブローニュの森は、都市のはずれの田園であり、馬の通り道が公園を区切り、第二帝政時代には女性騎手たちが規則正しい行列を作っていたという。

彼は立ったままで指導する通常のやり方に疲れ、自ら馬場に入って馬を走らせ、鞍上から指示を出すことにした。そのしゃがれ声で休みなく、「尻をうまく使え」と繰り返す。どんな相手に対しても威厳をもって接し、鞭を使って明解な反復訓練を行う。その指導を忘れる者はいないだろう。彼らは自尊心を持つように促され、努力のすえに完璧な騎馬パレードがこなせるようになる。ローラン・ファビュス、モリス・エルゾグ、ミシェル・ピコリたちも、尻で彼の指導を覚えているはずだ。ポール・プールサン・ドゥ・ロンシャンから習ったのは、背中をまっすぐに保つことや、手綱を通して馬の口の動きを感じることだけではない、とフランソワ・ヌリシエは言う。「忍耐、平静、ある種の精神的な傲慢さ、名誉を知る人間を形成する要素」も教わったのだ、と。老いた騎手は疲れた手で、私が示そうとした感謝や賞賛を即座に断った。自分は与えられた仕事をまっとうしただけであり、上手くなったからといって教え子が恩義を感じる必要はない、と考えているのだ。

そして、バルタバスのことを話すと、彼の目が輝いた。一九六六年六月のある日のことを、彼は今でもはっきりと覚えていると言う。その日、親しい友人で、オートバイの愛好家で、乗馬にも熱心な建築家ミシェル・マルティが、九歳半になる息子のクレモンを連れてきたのだ。パリ馬術協会に登録できる最低年齢は一〇歳と定められていたので、入会するために、この少年は十月まで待たなくてはならなかった。だが、少年はそれまで我慢できなかった。彼の両親は、ドライブの途中、道路沿いに馬を見かけるたびに車を止め、息子が馬を撫でるのを見守っているのだという。少年はただ単に馬に憧れているのではなく、磁石のように引きつけられているようだった。「あの子は、とんでもないわんぱくで、じっとしていられなかったなぁ」とポール・プールサン・ドゥ・ロンシャンは当時を回想する。「すぐに、馬に乗れるようになった。そして、なんでもできたな。馬場馬術も、総合馬術も、障害競技も。しかし、何より気に入っていたのは競馬だった。あの頃、パリ馬術協会は若い騎手を育成するジェントルマン・ライダー・プログラムに加わっていて、あの子もそれに参加したんだ。あれほど大柄でなければ、クレモンが競馬を専門にしたのは確かだろうな」。

少年のことをどこまで覚えているかははっきりしない。プールサン・ドゥ・ロンシャンはパリ馬術協会のトップとして、協会の仕事に忙殺されていた。代わりにクレモン少年の鞍に乗る手助けをしたのは、フェルナン・モローだった。十八世紀に反乱を起こしたヴァンデ県の出身で、北アフリカへ行った騎兵の一員だった。この教師は、少年が不安から解放され、幼い情熱がより長く続くように力を貸した。乗馬を初めてすぐに、週一回だけのレッスンではもの足りなくなった。レッスンの時間割が決まっているだけでなく、パリのブルジョワの従順な子弟がたくさんいることが、クレモン少年にとっては耐え難く、苛立ちを抑えられなくなった。彼らに気に入られるより、闘うことを選んだ。それに同意見のフェルナン・モローと共謀して、巧妙な方法を思いつく。野外馬場の柵の後ろか室内馬場のスタンドに陣取り、障害競技の訓練を見ている。誰かが失敗して、怠け心から、その後になすべきことをせずに馬を放っていると、クレモンは馬を心配してトラックに飛び出し、落馬した騎手の温もりが残っている鞍に跨って、猛烈な勢いで障害物を飛び越えた。こうして、恐れをいだかず、危険に立ち向かう自分の性質がわかるようになった。

競馬コースでは、まるで宙を飛ぶかのように風に向かい全速力で駆けた。やがて彼はアンドレ・アデルに師事した。アデルは古風なコーチで、情熱を持って仕事をし、生徒を大声で怒鳴りつけ、地面につばを吐いた。クレモン少年は、この別世界に夢中になった。霧でも、悪天候でも、灼熱の太陽が照りつけても、ここには馬糞や手巻き煙草の匂いが漂っている。ここにいると通常の時間を忘れてしまう。ここで通用するのは、ディアナ賞やアメリカ賞などの競技会の日程が記されたカレンダーだ。こうした競技会の主催者は、しかめっ面をしたジャン・ギャバンのような容貌であり、平凡なチャンピオンたちは栄光の座から下りて単なる厩務員となり、黙ったまま馬房の床を掃除していた。クレモンは夜明けとともに馬に乗り、その後、嫌々ながらクルブヴォワの学校へ行ってはラジエーターの側で居眠りし、授業が終わればすぐにメゾン・ラフィットへ駆けつけて、夜遅くまで馬に乗るのだった。しかし、カルティエ・ラタンのシネ・クラブでマック・セネットの特集がある夜は別だった。アルトーの言葉が、頭の中でくるくる回っていたようだ。「何ひとつ勉強せず、すべて生きた経験から学んだのだ」。学校での勉強はいっさいやらなくなった。代わりに駆歩の騎座から物事を学んだ。思春期は、彼の人生の中で最も素晴らしい時代だった。将来は調教師になるつもりだった。

そんなある朝、彼は乗馬用のヘルメットを脱ぎ、重たい通学用の鞄を取りに行くため、モーターバイクを飛ばして家へ戻る途中、交差点で倒れてしまった。敷石でくだけた青春。両足の骨折と左足首の複雑骨折で、クレモンはガルシュの病院に入院することになった。当初、外科医は切断を勧めたが、思い直して整形外科のギプスで固定した。この医者は、結果として芸術界に大きな貢献を果たしたことになる。六か月間の療養、そしてリハビリ。熱中する対象から遠く離れ、結局、大学入試資格試験の準備をする。「この事故がなかったら、資格試験に通ることはなかっただろうな」とバルタバスは変形してくぼんだ足首を見せながら語った。いつも堂々と宣言しているように、彼は学校で何かを教わったのではなく、自ら生きていく中で、経験から学んできたのだ。

年月が経ち、クレモン・マルティはバルタバスへと変貌した。老いた騎手は、かつての自分の生徒の作品を欠かさず見に行き、黙りこくった横柄な態度ではあるが、作品に内在する馬術の伝統と感受性を賞賛してやまなかった。バルタバスの方も、パリ馬術協会のかつての指導者を決して忘れなかった。ある日、ポール・プールサン・ドゥ・ロンシャンは、暇つぶしと好奇心からオーベルヴィリエを訪れて、思わず騎手たちへの指示を小さな声でつぶやいた。するとバルタバスは、「指導してもらえないだろうか」と頼み、「私が昔教わったのと同じことを、あいつらに教えてくれればいいんだ」と言い添えた。引退していた男は、顔色ひとつ変えずに了解した。喜びは心の内にあった。それ以来、ゆっくりとしか歩けないこの肩幅の広い老人は、毎週木曜日にジンガロの馬場にやって来て、団員たちに明確な命令で、背をたたくくらいのまっすぐな正反動や馬術学校の乗馬を課し、リオテ将軍の言葉から取った格言を何度も何度も繰り返す。老人の人生のすべては、歩き方も含めて格言どおりだ。「ゆっくりと、急げ」。バルタバスは、この格言を「馬をゆっくりと調教すれば、より短時間で仕上がる」という意味に解釈している。時おり、彼は馬場の隅に隠れて反復練習を眺めては、笑みを浮かべている。かつての師匠のしゃがれ声によって、騎手たちの手の使い方や足の使い方が正され、騎座がよくなり、身体の硬直が取れていくからだ。その声を聞いていると、自分がまったく成長しておらず、ブローニュの森の鹿毛馬に感嘆しつつも恐れていた、クルブヴォワの少年に戻ったように思える。馬たちをどう扱ってよいのかわからないけれど、馬たちがいつか旅の道連れとなり、舞台上の素晴らしいパートナーとなり、第二の家族となることを予感していた頃に戻るような気がする。

足の骨折が治り、元通りの身体にならなければ、クレモン・マルティは飛び出すことができなかった。大学入学資格試験の結果も気にならなかった。そして酷暑の夏、彼は戻ることのない旅に出る。母親に説明もせず、父親に理由も話さず、二人の兄弟に言い訳もせずに。のちに兄は建築家となり、弟は証券取引所で働くことになる。

彼は普通の人生を送りたいと思っていなかった。夢を生きたいと望んでいた。フェリーニの映画のように、芸術の魔法によって、人々は滅亡から救いだされ、子どもたちは死の刃から逃れられる。フェリーニは、バルタバスの唯一の模範であった。彼は青春時代のバルタバスに大きな影響を与え、自由と創造のための道を指し示した。身体、心、そして自分の想像力に従い、空想を現実のものとするのである。『フェリーニのローマ』の撮影中にこのイタリア人映画監督は打ち明けた。「計画というのは持っていない。世界の終わりを待つための場所を空想している。予算がなくなったら、終わりになるさ」。それはまさしく、十七歳のほら吹きが考えていたことそのものだった。クレモンは、創造主になりたいと願っていたのだ。美しく優れた虚構の世界を創りだし、非合法の王国に温和に君臨する。その王国では世界の言葉が話される。彼は忘れ去られた文化を呼び覚まし、失われたものや未完成な動きを取り入れ、誰も考えたことのない完全な芸術を実現し、夜の白い光の中に入っていく夢を見ていた。

メイプの楽園

整理ダンスの大きな引き出しに、宝が隠されている。アニー・セリエとミシェル・マルティは、この引き出しから、丁寧に思い出の品や学校のプリントを取り出してくれた。その中には、彼らの息子クレモンが第五学年[1]の時に、「自由」というテーマで書いた作文「メイプ」があった。二〇点満点で十二点だった。想像力は良。一方、綴り方は不出来である。教師が赤鉛筆でおびただしい数の間違いを直し、コメントを書き添えている。「内容はよいが、残念ながらそれを展開させる時間がなかったようだ。ぎこちない表現が多く、正しい言い回しは少ない」。教師はこの作文を誤解している。確かに文法の誤りはあるが、それを無視すれば、小さなノート三ページに渡って入念に書かれた率直な作文には、面白い着想がある。

五年七gB組　クレモン・マルティの宿題　タイトル「メイプ」

警官たちは押し合いへしあい、クラクションは叫び、警官は笛を吹き、煙突は息を吐き、商人たちはどなり合い、車は走り出し、人々は口論し、傷つけ合い、戦争が勃発する。そんな現代生活だから、その世界から出るために、僕はある国を創った。メイプだ。

田舎で、なんの建物もなく、法律も争いもなく、食糧はたくさんあって、だけどだれも作っていなく、みんなが愛しあい、だれも死なず、だれも歳を取らず、だれも働かない、そんな素朴な街だ。

なぜなら、メイプには、人間はいない。

そう、でも、動物とたくさんの馬たちがいて、みんなが理解しあい、同じ言葉を話す。そして、長いたてがみが鬐甲《きこう》まで伸び、肩の筋肉が盛り上がった大きな馬たちに乗れば、好きなだけ遠くまでぼくを連れていってくれる。夜には、一本の木の下で、動物たちみんなと一緒に火を囲んで座り、小さな猿のグリジはぼくの肩の上に立って、ぼくたちは物語を語る。その時、月と太陽は一緒に、彼らの小さな星たちに仕事を教えている。

私はこの作文を繰り返し読んだ。場所は、眼下にセーヌ河が流れるクルブヴォワの十一階建ての近代的なアパートで、その冬の日は、銀灰色の曇り空でじめじめしていた。マルティ夫妻は薄明かりの中で、作文を読む私を見ている。マルティ氏は、ハンサムで厳格な顔つきで監視人のような横顔をしている。真っ白な髪で、押し出しのあるたたずまいは、カシミアの黄色いセーターの下にしっかり結んだ完璧なネクタイのせいで、なおさらまっすぐな印象を与え、古きよき時代のハリウッド俳優のような品がある。その口元や薄い唇を見れば、バルタバスの父親であることがわかる。夫人はいつも微笑みをたたえ、おしゃべりで、夫が言葉に詰まるような事柄も快活に話す。理想的な母親だ。夫は自分の過去と闘っているように見える。妻は時間をかけて過去を味わっているようだ。

夫妻は私の目の中に、感動だけでなく驚きが現れることを見逃さない。作文に書いたあの驚くべき予感をすっかり忘れていた、とバルタバスは後日語った。この作文は息子の運命を予言している、と夫妻は考えており、私はその通りだと認めた。夫妻はほっと安堵する。十二歳のクレモンはクルブヴォワの学校で退屈し、教師たちに横柄な態度を取り、規則に逆らい、学校を逃れてブローニュの森で馬に乗ることしか考えていなかった。さぼり魔の生徒は耳障りな機械音にさいなまれ、意地悪な理屈に傷つけられるこの現実世界から遠く離れて、まったく新しい、平穏で汚れのない田園に、動物と馬が住んでいる想像の国を創った。その国では、誰もが永遠の命を持つ。その国では、新しい言葉が話されている。昼と夜が混ざり合う国だ。たき火を丸く囲んで、語り手はお調子者の猿の顔立ちをして、聞く者の心を捕らえる。たったひとりの人間はマルロー信奉者の小さな騎手で、いつでも好きな時に馬に乗ることができる。そして、彼がその国を統治している。

そう、すべてがここから生まれた。鉛筆の文字で描き出されている。人間嫌い、神人同形、普遍性、死への畏怖、野蛮さへの嗜好、都市や法律の回避、騎馬演劇、野心的な造化の神デミウルゴス。若さゆえの厚かましさが、「僕はある国を創った」の一言に現れているが、最後は謙虚になり、天空の主、太陽と月に恭順の意を示している。

学生運動が盛んだった一九六八年頃、息子たちが学生用ノートの上で社会を改革しようとしていた頃に、彼らの息子のひとりが将来放浪の生活を始め、その人生に馬が大きな意味を持つことを予感していたかと、アニーとミシェル・マルティに訊ねてみた。「いいえ」とマルティ夫人が答える。「ひとつ、とても確かなことは、あの子はほかの二人の兄弟、長男と末っ子とは、まったく違っていたということです。時代錯誤なところのある子で、好きなものはもちろん馬、そして、ジャズや無声映画、それに演劇、そのうえ田舎暮らしときます。ほかの子たちは、機械やロックやアメリカ映画の方が気に入っていたし、都市生活が好きなのよ。そうそう、おじいさんのスーパー八ミリのカメラを借りて、短編映画を作ったこともあったわ。映画ではマルクス兄弟のグルーチョに扮したわ。それに、マック・セネット、ハリー・ラングドン、それからバスター・キートンにも熱中していました。毎年一回は、三人を市立劇場に連れて行って、『イタリアの麦藁帽子』を見せたり、レイモン・ドヴォスを聴かせたりしました。会場が暗くなると、あの子はそっと席を離れ、大急ぎで階段を下りて、舞台のすぐ下で立ちつくし、そのまま動かなくなりました。生まれつきの役者でしたわ。そういえば、幼稚園の時は口頭表現で一番でした。私たちの家があったクルブヴォワは、ちょっと田舎の村のようなところでしたから、みんながあの子を誘い出しに来たわ。生まれつきリーダーというか、集団のボスに向いた性質でした。それに、即興でコントのような短い物を演じるのが得意でした」。父親は、ブルターニュから戻ってきたある夜の出来事を忘れていない。きつい仕事を終えて、休むことだけを考えながら戻ってくると、椅子の上に、かんかん帽と燕尾服が置いてあった。クレモンは仮装パーティをしようと、父親の帰りを待ちわびており、父親から断られるのは我慢できないようだった。息子をがっかりさせないためだけに、パパは嫌々ながらパーティに参加した。

乗馬については、父親のほうが話す。母親はボージョン病院の外科医の娘で、彼女自身も医師としてルヴァロワやヌイイーで働いており、一度も馬に乗ったことがない。動物にあまり興味がない。チャーチルが言ったように、とはいえチャーチルはイアン・フレミングの表現を盗んだのだが、馬の上は快適でないし、下手に近づくと危険だとアニーは信じていた。そして、馬好きの熱中ぶりは行き過ぎだと今でも思っている。ミシェルは建築家として、レンヌやモロッコで多くの建築物を手がけた。だが、それ以前になにより乗馬好きである。学生時代には毎日、朝から晩までパンテオン厩舎で馬に乗っていた。初期段階の調教を専門とし、若い馬を預かって仕込むのが大好きだった。むしろ反抗的な馬のほうが、性格を理解しやすかった。かつて、彼はオペレッタに使うための馬をシャトレ劇場まで連れて行ったことがある。セーヌ河を渡り、蹄の音を橋や古い石畳の上に響かせながら歩いたあの朝のことを、彼は今でも幸せな気持ちで思い出す（二〇〇四年の秋に、息子のクレモンがこのシャトレ劇場で公演するなど想像だにしていなかった）。その後、パリの古い厩舎のブローニュの森への引っ越しを手伝い、パリ馬術協会の設立にも、ポール・プールサン・ドゥ・ロンシャンと一緒に力を尽くした。乗馬の時間が十分に確保できなくなると、馬の代わりにバイクに乗るようになった。今でも、バイクに乗り風の中を走ると、かつての騎手に戻ったように感じるらしい。

クレモンは十歳になると、父親に乗馬のレッスンを受けさせてほしいとせがんだ。その頃、父はすでに乗馬をしなくなっていた。「私が馬に乗っていた姿を、息子は見たことがないはずです」とミシェル・マルティは語る。「だから、父親の真似をしたかったとは言えません。生まれつき興味を持っていて、それは冷めることのない熱のようなものでした。あらゆる興味が馬に結びつき、その思いを抑えられなくなっていました。幼い時は、年老いた駄馬が倒れて亡くなる物語を読んでやれば、必ず泣き出す子どもでした。大きくなってからは、パリ・ターフ紙を毎日読み、またディック・フランシスの『度胸』を何度も読み返していましたね。元騎手が書いた競馬ミステリーのこの本を、五回は買い直したはずです。力をこめて丸めて持って、何度も何度も読み返すものだから、本の背が割れてしまうんですよ」。三人兄弟の中で、クレモンがもっともわんぱくで、リセの第二学年[*2]の時にクルブヴォワの高校を退学し、芸術家の子弟が多く通うアルザス学校に転校させられるほどだったが、教師たちは、彼が知性の面で素晴らしい可能性を持っていると言った。自分の息子には馬の仕事がもっとも向いているとわかった時に感じた落胆や心配を、父親は隠そうとしない。何ものもクレモンの情熱を挫くことはできなかった。長いスカーフが車輪に絡まって原付バイクが転倒し、足が砕けたあのひどい事故も例外ではなかった。「クレモンは病院のベッドにいて、足首の傷口は、焼かれて破裂したソーセージのように開いていました。しかし、あの子は歯を食いしばって、医者にまた必ず馬に乗ると誓っていました」と父親が語る。母親がそのあとを続ける。「あのとき、あの子はとんでもない勇気を見せてくれました。そして、リハビリが終わるとすぐに、きつい口調でなく、ただ決定的な言い方で、芝居をするために旅立つと言い出したんです」。

数年の間、両親はほとんど息子に会うことがなかった。一度、ニームで会った時、彼はおそろしく腹をすかせ、ひげも剃っておらず、おまけに一文なしだったので、近くのスーパーで、カートいっぱいに食料を買い与えたことを思い出す。また、アヴィニョンで再会したときは、テアトル・アンポルテの時代で、真夜中に、駅からオルロージュ広場までのレピュブリック通りを一直線に全速力で走り抜け、手にかかげた松明と悪魔のような顔つきで、通行人を恐怖に陥れた。そして、時には息子を信頼しきれなくなることもあった。その話になると、夫妻の間でいまだ意見の相異がある。ミシェルは、「あの子が我々を必要とする日のために、ここにいました」。アニーは、「いいえ、私たちは一度も助けなかったのです。そう、一度たりと」。突然、沈黙が広がり、過去の激動の残響が辺りに漂った。その当時、夫妻の若い息子は、固定観念や社会的な経歴、そして快適な生活をためらうことなく遠ざけ、眉を曇らせ心配する親からも離れ、後にバルタバスとなって戻ってくる。あだ名のマルテックスと呼ばれれば振り返って答えるが、バルタバスを名のるようになって以来、「マルティさん」と呼ばれても答えない。

今では、アニーもミシェルもジンガロの新作を見逃すことは決してない。息子がクルブヴォワに来るのは、せいぜい年に一、二度、それも何かのお祝いか誕生日の時だけなので、両親はオーベルヴィリエを訪れるさまざまな人に気づかれないまま、観客の中に紛れ込む。スイスやアメリカなど外国での公演について行き、少しは放浪気分を味わうけれど、宿泊するのはホテルである。劇団の騎手、技術スタッフ、馬たちみんなを知っているし、衣装係は大好きな友人になった。母親は息子に関わるさまざまな記事を集めて、整理ダンスに納めている。「あの子が作った作品だなんて考えないほど、気に入っているのよ」と嬉しそうに話す。父親はそれぞれの作品に、身内だけができる批評をしたいと思わないわけではない。しかし、彼が目にしたのはバルタバスのスペクタクルであって、息子のクレモンでないから、口を閉ざしている。

かつて、ブローニュ・ビアンクールのベルヴェデール医院で誕生した息子は、今では整理ダンスの中にあるたくさんの笑顔の写真や、直しの入った学校のプリントの間に隠れている。アニーは整理ダンスから、第五学年の時のもうひとつの作文を取り出した。「読んでみてください。それは大きな問題になったのですよ。まず、読んでください。それから、説明します」。公立学校の教師がそれなりの理由があって、こんな課題を出したのだろうと思うが、理解しがたい課題は以下のようなものだった。「家族で駅に着き、休暇に行くための汽車に乗ります。突然、お母さんが、どうしても持って行かなくてはならない荷物を家に忘れてきたことに気づきました。どうしますか。誰かが、家まで取りに戻りますか。それは誰ですか。気をつける点は、待っている人たちの心配な気持の表現を忘れないようにすること。最後には、急いで汽車に乗り、出発の時間となります」。

さて、以下がクレモン・マルティ君の作文。

「ほら急いで、乗り遅れるわよ」

と母さんが叫んで、ハンドバックを振り回す。父さんは、はじけそうなくらい満杯に荷物をつめた六つのスーツケースをどうにかこうにか引きずっている。突然、母さんは、かがんでいる男の人につまずき、数秒飛んだかと思うと、弱々しく壁に激突した。怒って立ち上がり、叫んだ。

「気をつけなさいよ。いったい何をしているのですか、こんな駅の真ん中で膝をついて」

男が顔を上げると、右目があるべきところに黒い穴が開いている。

「ガラスの目を探しているのですよ」

母さんのスーツケースが二、三度口を開けたけれど、私たちはホームにたどり着いた。

「まぁ、なんてこと」と母さんが叫ぶ。「ソーセージの網袋を忘れてしまったわ」

「ソーセージの網袋が、なんの役に立つんだい」と父さんが答える。

「よく知っているでしょ。私がはける唯一のストッキングじゃない。足が細すぎてほかにストッキングになるものがないでしょう。すぐに、取りに帰らなくては。ほら、アンドレ、取りに帰って」

かわいそうな夫は、煙草を吸い、疲れ果て、もう動けない。大粒の汗が、額からゆっくりと滑り落ち、鼻まで届き、下唇まで滴り落ち、かれは機械的な動きで、それを飲み込む。家族は何度も言い争ったすえ、息子のラウルに取りに行かせることとなる。ラウルは、人混みの中へ突進して、柔らかく、まだ動いている体の上を歩いて行く。横断する途中で、ちぎれた腕や手が、まだ汽車の切符を握っているのに気づいた。ようやく駅の外まで来たが、渡らなくてはならない通りが目の前にある。小舟に飛び乗り、湖を横断する。釣り人の前を通り過ぎるが、知らないうちに釣り人の邪魔をしていた。そこで、訊ねた。

「今、何時ですか」

「おまえが帰る時間だ」

トランクスと靴だけの姿で駅に戻った。ソーセージの網袋は持っていない。すでにコンパートメントに乗り込んでいた父さんに引っ張られ、運のよいことに、それまで座っていた人の汗で湿っている席がひとつ見つかった。ざわめきを引き裂いて、母さんが叫ぶ。

「あら、スーツケースの中に入っていたわ」


おどけているが、恐ろしくて、マルセル・エーメの童話か、レイモン・クノーの物語を思わせる、変化に富んだ話に笑ってしまった。アニー・マルティによれば、これを読んだ教師の子どもたちも笑ったらしい。この想像力にあふれた生徒に、二〇点満点の十八点をあげてほしいと、子どもたちは、先生である母親にお願いした。しかし、教師は譲らなかったただけでなく、最悪の点数一点をクレモンに与えた。そのうえ、はっきりした赤いペンで、次のような注意を書き加えた。「幻想的な物語を成功させたいのなら、一・まず、読めるように書かなくてはなりません。各行に、平均して二か所は、重大な綴りの間違いがあります。二・課題をしっかりと読み、それに従わなくてはなりません」。教師は、このあとでマルティ夫人を呼びだして、少年が、どう考えても、非常に悪い成績であることを告げた。「あの先生は幻想と呼ぶものを打ち壊して、クレモンを侮辱したのですよ。その日ですべておしまい。クレモンは学校ではふくれっ面で、教師たちの権威というものを拒否しました。そして、学校を信じなくなりました」。

クレモンの兄は、父親と同じく建築家となった。そして日曜日には、官能的な水彩画を描いている。整理ダンスの上に、彼の大きなデッサンが飾ってあり、ちょっと見にはタペストリーのように思える。そのデッサンはポワティエの戦いの絵で、シャルル・マルテルが美しい馬に騎乗し、七三二年にイスラム教徒のアブド・アッラフマーンを捕らえたところが描かれている。「これを描いたのは、七歳の時でした」と母親が誇らしげに話す。その間にもクルブヴォワの広い空は暗さを増し、きちんと整列して戦いの準備ができた絵の中の小さな兵隊たちに、暗い影を落としていた。母親は言い添える。「私の息子たちは、みんな才能に恵まれていますでしょう、そう思いませんか。クレモンが自分の存在を、子どもの時から大好きだった演劇と馬という基盤の上に作り上げてくれたことを、とっても喜んでいるのです。彼は自分の夢を本当に叶えたのですからね」。言い換えれば、彼の人生そのものである。ユングの言葉で言い換えれば、無分別な人間が自己実現を成し遂げたと言えるだろう。

外は日が暮れて、すでに暗くなっていた。セーヌ河はヌイイー橋の下を、眠るように静かに流れてゆく。クルブヴォワのアパートの足元に、重たい鞄を抱えた子どもたちが学校から帰ってくるようすが見える。将来なるであろう公務員のように憂鬱そうだ。この子たちは、調和のとれた静かで素晴らしい人生が、メイプにあることを知らない。そこでは猿がおしゃべりし、馬たちが王であることを知らないのだ。

訳注

*1　日本の中学一年に当たる

*2　日本の高校一年に当たる

去りゆく青春

十八歳で、二本の足があれば――たとえ傷跡が刻まれガニ股であったとしても、勇敢なその足さえあれば――道はどこまでも続く挑戦となる。永遠が約束された道となるのだ。クレモンは、どこへ行くのか知らない。だが旅立つ。定かならぬ情熱に誘われ、黄昏時には行き場のない怒りが沸き上がる。彼の内側で、舞台をやりたいという望みと、すべての順応主義をぶち壊したいというやっかいな欲求とが衝突する。この時点では、彼には愛することが必要だった。同時に、憎むことも必要だった。彼は若い。

彼の頭の中で強い感情が混ざり合う。無意識のイメージ、古くから伝わる神話、多神教、キマイラ、ペガサスが混然一体となり、自分を見つけたい強い欲望が生じる。青灰色の朝、純血馬が駆歩で煙を上げる。ピカソが描いた腹を裂かれたピカドールの馬。事故によるガルシュの病院でのギプス体。従順なセル・フランセがパリ馬術協会の室内馬場に描く円。幻想美術館の絵画を解説するマルローの声。『そして船は行く』のボール紙で作られた鮮やかな大型客船。パリ郊外の彩《いろ》のない寂寥。夜、または抑えつけられた偉大なる優しさ。

成熟を迎える頃、舞台芸術が人生をかけた冒険であるならば、それにすべてを捧げようと彼は考え始める。そして、アルトーの文章を読んだ。「ペストと同じように演劇は悪の季節であり、黒い力の勝利である。そしてその力をさらに深い力が最後の消滅まで養いつづけるのである」[1]。この文章を『演劇とその分身』からコピーし、自分自身の座右の銘とする。「大衆が劇場へ行く習慣を失ったのも、我々すべてが演劇を低級な芸術と見なし俗悪な娯楽の一手段と考え、悪い本能の排け口として利用するようになってしまったのも、そりゃお芝居だ嘘だ幻なんだとあまりに聞かされすぎたからであり、四百年来、つまりルネサンス以来、まったく描写的な、物語る演劇、しかも、心理について物語る演劇に馴らされてきたからである」[1]。

パントマイムの学校にほんの短い期間通ったのち、バルタバスはテアトル・アンポルテに偶然出会った。ちょうどその時、劇団は、腕が長くて力強い声の熱狂的な人物を探していた。巡回劇団で、主にベン・ジョンソンの『錬金術師』の翻案や、それぞれ専門の異なる役者が参加する風刺的な『店主たち市場』を公演していた。彼は街頭で演技をすることの楽しさに驚いた。うまく自分を見せれば、それだけ自分自身を隠すことができる。その過程において、彼は病的なまでの内気さを克服し、おおいに満足を覚えた。パリから遠く(両親には五年間会わないで過ごす)、村から村へと歩き、数えるほどしかいない観客に投銭を求める。公演を続けるうちに、彼は時間を止め空間を再構成する方法を、日々思いがけず学ぶことになった。遠い未来が、おぼろげに姿を見せる。自分自身が治める世界を創り、そこで独自の法を定め、ふっくらとした丘の斜面で、美しい星空を眺めながら眠る楽しさすら知らぬまま、変化のない生活を余儀なくされている人々に、夢を見せたいと考える。一九七七年の夏、テアトル・アンポルテはアヴィニョン演劇祭に乗り込み、自主参加のオフ枠で公演した。この若者は、演劇祭のもっとも重要な作品を上演する法王庁の高い塀の下を歩き回り、体制へ堂々と立ち向かいたいと願い、いつの日か胸を張ってこの壮大な門をくぐり、観客に対峙することを夢見た。この日、この反逆児の横顔は、アルコル橋上のナポレオン・ボナパルトに似ていただろう。先導者であり、野心家である。

アリグル・サーカスの愉快なメンバー、イゴール、その弟ブランロ、パイエット、ゾエ、ニグローらと出会ったときは、仲間だとすぐにわかった。クレモンはテアトル・アンポルテを離れて、アリグル・サーカスに参加することにした。このカンパニーは、まだ新しい寄せ集めグループで、欲望、反逆、永遠の子ども、矛盾する性質が集まっていた。ある夜、宴会の席で、クレモンは激怒公バルタバスと名乗ることにする。仲間たちも、壮麗公イゴール、絶望公ブランロタンと名乗ることに決めた。彼らの奇妙な勲章である。それぞれの過去を、良きにつけ悪しきにつけ、何もかも終わりにする。自分自身で選んだ自己証明は、運命をからかうためだ。雰囲気をさらに盛り上げるため、我々は放浪演劇への情熱ゆえに破産したスロヴァキアの男爵の末裔である、と嘘八百を並べたてた。そして、新しい言語、横暴で締まりがなく耳障りな「スコヴァッシュ」語を、自分たちで作り上げた（アリグルが解散したあとで、この言語は古代ギリシャ語やラテン語のように死語となる）。このサーカスはアクロバット、空中ブランコ、ジャグリング、ネズミ使いを一緒くたにし、劇場の入り口には死んだ雄鶏を吊した。それは伝統的なサーカスではなく、子供向きでない、ぎょっとする野蛮さが含まれていた。大声で叫び、炎を吹き上げ、バケツの水をぶちまけ、腐ったトマトの爆弾でショックを与え、集まった野次馬たちを好んでからかった。バルタバスは悪意ある妄想に苦しむ役柄で、ひげを生やした人を見るたびに、その人に飛びかかる。アヴィニョンのオルロージュ広場で彼らを見た人々は、そのコサックの叙情詩人のような登場、愛情ある挑発、動物的な攻撃性、そして病気のウサギのような赤い目を忘れはしないだろう。観客は恐怖に叫ぶ。あるいは泣き出す。アリグルのメンバーは、互いに罵り合うこともめずらしくなかった。あえて怒りを引き出し、観客の心の中に眠っている憎しみを解放する。芸術によるカトリック的懺悔を行なうのだ。アリグル・サーカスは、駐車場で盗んだガソリンを自分たちのおんぼろトラックに注ぎ込み、街から街へ移動し、国境も越え、居場所がなくなると公演地から立ち去った。中世を生き続け、黄金時代の到来を夢見ていた。

女性闘牛士のマリー・サラは、十六歳の時、エグ・ヴィヴのどこかで、アリグル・サーカスを初めて見たときのショックを、はっきり覚えていた。「ぼろを着た三人の人間の頭は、イロクォイ族の羽根飾りみたいで、闘牛士の助手のズボンに似たものを履いていました。この三人は兄弟と見違えるほどで、みんな馬鹿みたいに闘牛好き。その夜、私は階段席にいて、それまでに見たこともない素晴らしい舞台に何度も歓声を上げました、もちろん。五〇人ほどのお客さんが入ったテントでの公演だったから、外で吹き荒れていた冬の北風ミストラルで、テントの布がめくれ上がっていたのを思い出すわ。なにしろ、ねずみが芸をするものだから、ライオンの口の中に頭を入れる猛獣使いなんて時代遅れに思えたわ。このサーカスの猛獣使いときたら、けたたましい音をたてる太鼓の連打にあわせて、口の中にねずみを入れるのよ。もう、その芸に大喜びで拍手しました。空中ブランコに乗るねずみ、ロミオとジュリエットのねずみ版もいました。ねずみのジュリエットはルネサンス時代の娘の衣装を着て、塔の上でねずみのロミオを待っていて、ロミオはジュリエットに呼ばれると、塔の上まで登っていってキスするの。観客は大喝采。子どもみたいに歓声を上げて、心から笑ったものよ」。アリグルの面々は少人数だったので、ベルガルドのマリー・サラの家に数か月間滞在することになる。夜の公演が終われば、パエリアと「ねずみのスープ」と名づけた特製スープを薪の火でゆっくりと煮込んだ。そして、ガール川の上空の星ぼしに向かって、らせんを描いて昇っていくフラメンコを聴きながら、ねずみの調教師たちは、ニーム闘牛場のシモン・カサスの有望な弟子と一緒に、新しい世界を思い描いた。

数年後、彼らは別れることになる。イゴールはヴォリエール・ドロメスコを創設し、その後、ラ・バラクと名づけた音楽食堂を造った。そこでは、赤ワインを楽しみ、オニオン・スープを食べ、アコーディオンの演奏やアルトーのテキストを朗読で聞くことができる。また、チェコのマリオネットの公演に喝采を送り、天井からぶら下がった柳の籠の下でダンスを楽しんだ。けれども、彼らのひとり一人が心の奥に抱いている思い出は、あの狂乱の年月、ロートレアモンやカフカが滋養となった日々、優しい心を見せないために、怒りにゆがんだ仮面をかぶっていた時代の思い出だ。

ゆっくりと、バルタバスは初恋の相手へ戻っていく。それは馬である。しばらく縁がなくなっていたけれど、忘れることはなかった。すべてから離れ、旅立ったあとで、彼が唯一後悔したのが馬だった。事故の後で支払われた補償金が残っていたので、イダルゴという名の馬を買い、その背に乗り、この馬を舞台の上で踊らせることを考えた。

彼の内にまどろんでいた激情が、馬によって不意に呼び起こされた。再び、逃亡。今度は、闘牛における馬術への強い興味から、もっと南へ。そして、活発に跳ねるアンダルシア馬やルシタニア馬に恋をした。闘牛場へ厳かな足取りで入ってきて、牡牛の周りを素早く回り、空気のような軽やかさと、臆病であるがゆえのすばやい反応を武器に、正面から挑戦する。このとても気の弱い動物がどう猛に振るまい、犠牲にされるどころか、自然な優美さで、死刑執行人になることを見て彼は驚嘆した。残忍な音楽ショーが高等馬術になり、餌食の奪い合いが素晴らしいピアッフェとなり、死刑であるはずが洗練された儀式になる。かつてジョッキーを目指した男は、ただただ魅了された。その時まで、彼にとって、乗馬というものは、平らな草地を全速力で飛ぶように駆ける水平のものであった。鉛色の空の下の円形トラックで、馬術が垂直であることを発見し、注意深く馬体を使い切った収縮[*2]を目の当たりにした。水晶のような外見の下に、なんという力があるのだろう、そしてなんと素晴らしいのだろうか。ジンガロの伝説的な輪舞や、ヴェルサイユでの馬術訓練は、このニームにおいて、すでに予見され、約束されていた。

バルタバスは騎乗闘牛士、レホネアドールになろうと思い立つ。これほど、彼自身に備わっている素質と馬が、緊密に混ざり合う職業はないであろう。ひとつの考えが唐突な変化を生み、一瞬にして方向を変え、電撃的な旅立ちとして結実する。六か月間、おんぼろの家畜運搬車のハンドルを握り、スペインの道を走るのだが、失敗に終わる。貯金も給費も、マドリッドの闘牛場の前で尽きた。藁の中で眠り、駐車場で馬に乗って、注目を集めれば、仕事を得られると信じて夢中だった。すべては徒労に終わった。闘牛の世界は、彼に背を向けた。この時期、彼の人生は揺れ動き、騎手は浮浪者に身をやつした。今にして思えば、あの頃はなんらかの狂気に囚われていて、ボーダーラインすれすれだったんだ、とバルタバスは語る。第三者からは自閉症と思われていたはずだ。ことによると、バルタバスはこの時点において、永遠に失われていたかもしれない。

もしかしたら、バルタバスがジンガロを創立したのは、生き残るため、もっとひどく転落しないため、大人になるためだったのかもしれない。アンダルシアで、騎馬と音楽の演劇のアイデアが芽をふき、「ジンガロ」、つまりスペイン語で「ジプシー」と名づけることを考えついた。以前の仲間、イゴールとブランロに再会し、乗馬と曲乗りを教える。リハーサルを始め、それが第一作『騎馬キャバレー』となり、モンペリエで初演が行われた。この公演で、バルタバスは際立った存在だったが、すでに気むずかしく、横柄でせっかちだった。ほかの出演者たちは、のんびりと愉しんでいた。この現代の放浪の民に、すみやかに大いなる未来を与えようと考えていたのは、バルタバスただひとりだったのだ。彼は疲れを知らず、鋭い嗅覚を使って新しい才能を探した。腹をすかせたキツネのような鋭い嗅覚だった。ボルドーのシグマの社長、ロジェ・ラフォスが、まずジンガロ劇団に自分のフェスティバルで場所を提供した。大成功。その後、冬を過ごせるようにと、ニームの急進的な市長、ジャン・ブスケが、バルタバスにニームの闘牛場の鍵を預けた。ここが奇跡の宮廷となる。何台ものトレーラーがたき火の周りを取り囲み、人は馬の藁の中で眠り、毛の抜けた犬が吠え、文化遺産にロープを渡して洗濯物が干され、星が瞬きはじめる頃に太鼓の音が響く。ニーム市役所は、沿道の住人から、不潔なボヘミアン集団がローマ時代の円形競技場を汚しているという訴えを山ほど受け取った。ほどなく、この集団はフランス国内を回る公演に出ることになり、どこかの空き地を目指して旅立つ。野次馬たちは不安げに彼らの出発を見守り、ジプシーの祭りが開催されるサント・マリー・ドゥ・ラ・メールへ向かったのだろうと信じた。

『騎馬キャバレー』は、バルタバスがテアトル・アンポルテ、アリグル・サーカス、そしてスペインの闘牛場で学んだことのすべてが組み込まれ、さらにこの時からガチョウ、七面鳥、はやぶさ、ロバ、そして凶暴なヒトコブラクダまでが舞台に加わった。公演会場に入るには、馬運搬車の後ろの扉を通る。頭を下げなければ天井にぶつかる。象徴的な意味が生まれる。ジプシー音楽に、ユダヤの単調な歌、ミシシッピーのブルースがからみ合う。すすり泣くヴァイオリンの調べに合わせて、晴れ着で飾られた二頭の牝牛が霊柩車を引き、その上では木琴代わりのワイン瓶が演奏される。バスター・キートンが演じるフェドーの芝居の、執事を思わせるお仕着せの男が、ほろ酔いの千鳥足で歩き、白い手袋をはめた手で、おがくずの詰まったマスタード瓶にホット・ワインを注ぐ。埃だらけのヴェニス製シャンデリアは巨大な香炉に姿を変え、昔の輝きをなくしたその古びた飾りが、退廃的な儀式を演出し、そこに想像の中央ヨーロッパのカフカ的オペラが現出し、熱狂したアンダルシアの女がマジャールのやるせなさと響き合う。金のかかっていない舞台だけれど、貴族的な夢があふれ、教養なき宗教の暗闇が垂れこめていた。――『悪が走る!』の作家オーディベルティの世界――教会のオルガンが憂鬱な詩編を奏でる一方で、バグパイプが喉を裂かれる豚のうめき声をあげる。猛獣使いの衣装をつけたバルタバスは、化粧をした顔で泡を吹いて怒り続ける。下唇がまくれ上がり、あの「スコヴァッシュ語」を叫んで馬を叱りつける。彼が大股で飛び乗ったテーブルの上には、泡立つシャンパン・グラスが並んでいた。従僕をののしり、観客にのしかかって揺さぶる。しかし、馬に乗るときだけは穏やかになる。闘牛の馬術スタイルそのままで、完璧に馬を操って走り出す。手に闘牛の飾りをつけた槍を持ち、十字架に向かい十字を切り、見えない牡牛の周りを回り、軽く駆歩を試してみせる。

観客はまず好奇心から足を運び、そののちには作品の魅力に引かれてやってくる。ロマーノが上流階級のお気に入りになる。ジャン・ブスケが『騎馬キャバレー』をイヴ・ムルージの結婚式に勧めて以来、ジェット機で飛びまわり『ピープル』誌の記事に取り上げられる有名人たちが、それまでにない感動を味わえるのなら高くはないと、このショーを買いたがった。上流気取りのスノッブも一枚噛もうとする。ベルナール・タピが大喜び。アングロ・アラブ馬一頭分と同じ値段で買われた、カステル家での一晩かぎりの公演では、ジンガロへの称賛の声が満ちあふれた。三〇歳になった時、バルタバスは不意に、「通俗」に陥りつつあることに気づいた。それは一生剥がれないレッテルになりかねない。ここでこの脅威に抵抗しなければ、どうしようもない売り物になってしまうだろう。ファッション・ショーや有名人の夜会への招待を断り、大きな指輪をつけた手が差し出す札束を押し戻す。自分の仕事をより高い次元に押し上げたいという、これまでにない野心を抱き、自分を汚し、裏切りかねないものに別れを告げる。その時すでに、彼は観客を大事にすることを考え、繰り返し来てくれる本当の観客をがっかりさせないことに専念するようになった。バルタバスは決して事前に計画を立てたりしないのだが、最後には必ず理屈が通る。誤った栄光や腐った栄光に汚されそうになった時代があったからこそ、バルタバスは頑なな思索者、『ルンタ』における清廉なる馬術家に成長できたのだ。

こうして、バルタバスの純粋な創造が始まり、古代の火を取り囲む。傷ついた心や冷えきった魂を温める。「伝説をなくしてしまった国々は、凍えて死ぬ運命にある」とパトリス・ドゥ・ラ・トゥール・デュ・パンは予言した。これからはジンガロが伝説を生み出す。

訳注

*1　引用は『アントナン・アルトー著作集Ⅰ　演劇とその分身』安堂信也訳（白水社）による。

*2　収縮　馬体が丸くなり、その結果、縮んで見え、後肢は馬体の下に深く入り込む。

変革

ひとつの考えが、どうしても頭から離れない。だが、それを人に話したことはない。夜になると、高く組み上げられた足場に上り、梁を上げ、太くてしっかりした梁を削り、骨組を造ることを考える。やがて、その下で、雨音を聞く場所を想像する。

バルタバスは、木の屋根のあるコロセウムを想像する。一七八三年、フィリップ・アストレイがロンドンの厩舎をまねて、大燭台の灯る壮大な英国風の劇場をパリに建てたのだが、彼はそんな劇場が欲しいと思っていた。口にすることはなかったが、彼は自分をフランソワ・ボーシェーになぞらえていた。シェイクスピアやモリエールと同じように、大道芸人上がりだったボーシェーは、素晴らしい騎手として、テオフィル・ゴーティエ、ラマルティヌ、ウジェーヌ・シュー、ドラクロワらに称賛された。『エルナニ』[*1]事件では、シャンゼリゼをサーカス会場にして、高等馬術の最高の妙技を見せ、その革命的な馬銜の受け方や手本とすべき軽快さだけでなく、事件そのものを馬術史に刻み込んだ。

バルタバスの夢は矛盾していた。キャラバンを率いる上で生ずる多くの問題を抱えているがゆえに、彼は定住地を求めていたのだが、同時にキャラバン生活を完全に終わりにしたくなかった。パリの近くが望ましいと考えていたが、都市に住む気にはなれなかった。しっかりとした劇場での公演を切望しながら、折り畳みテントや、旅回りサーカスの不安定さも求めていた。放浪の民は定住することの誘惑に心を引かれながら、刹那の思いに駆られてしまうものである。部族の指導者の立場から言うと、毎年公演を行うためには、劇場に屋根があったほうがよいのだけれど、個人としては主義を変えずに、より遠くまで旅をしたかった。数年後、彼の名声が夢を実現させる。ジンガロは時代の寵児となり、政府のほうから助成させてほしいと声をかけてきたのだ。定住の場所が公的文化機関になることは、彼の本意ではなかった。快適な環境のせいで、劇団が悪い影響を受けるのは恐い。賭けは危険をともなう。だが、バルタバスは賭けてみた。

まず、騎馬劇場をヴェニスに建て、馬たちを潟湖で走らせるという幻想をもてあそぶ(十五年後に、ヴェルサイユ宮殿のネプチューン噴水で、騎馬バレエ『黒いモーツアルト』の公演を行い、セント・ジョージ・クラスの馬術に栄光を与え、長年の夢は実現する)。それから、もっと現実的な案として、ルノーの旧工場跡近くのサン・ジェルマン島や、ヴァンセンヌにあるカルトゥシュリーが候補にのぼった。カルトゥシュリーならば、近くに友人のアリアーヌ・ムヌーシュキンが主宰する太陽劇団があるし、バルタバスは彼らの『黄金時代』をとても気に入っていた。しかし最終的には、一九八九年、オーベルヴィリエの共産主義者の市長ジャック・ラリトの申し出を受けることにした。熱心なジャン・ヴィラールの信奉者で、ルネ・シャールの愛読者だったラリトは、ジンガロにフランス軍基地の近くの土地を貸すことを提案する。その場所はジャン・ジョレス大通り一七六番地にあり、目の前の灰色の大通りは、車やトラックやバスがひっきりなしに行き来している。

元カモンド大学教授で、廃工場を文化センターに改築した実績を持つパトリック・ブーシェンに設計を任せ、建設はジャン・アラリが三〇〇万フランで請け負った（「この額は、パトリス・シェローの舞台装置製作費の半額だよ」とバルタバスは笑った）。新しい神話の地となった。松材で造られた大聖堂は、ロシアの建築、サヴォア地方の古い干し草倉庫、中央ヨーロッパの馬車駅、コー地方の家畜市場、そして、マドレーヌ・ルノーとジャン＝ルイ・バローがオルセー駅の構内に突貫工事で建てさせた劇場、あるいは十九世紀の馬場、そういったものから多くの着想を得ている。二列の松明に導かれて進むと、そこは大階段だ。階段を上がり、拝廊を渡ると、両脇の壁に沿って周歩廊下が厩舎の上に張り出している。厩舎のシャンデリアと同じ高さのこの廊下を、ゆっくりと足元を見ながら進むと、丸天井の下のサーカス風の階段席に出る。このように、周歩廊で行列を作り、光の中を歩むことで、観客は公演を前にして、身震いする見事な馬たちを上から見下ろし、馬房の臭いを嗅ぐことになる。劇場に入れば、香が鼻をくすぐり、乾いた砂が闇を舞う。中央に広がる直径十六メートルの魔法の円形舞台が目に入る。パトリック・ブーシェンとジャン・アラリが建てたのは、演劇とダンスを彩る馬に捧げられた宮殿である。ここでは、人間より馬たちが優先される。そして、人間は馬たちの話を聞こうとする。便宜的手段ではなく、それが哲学である。

　テントを取り巻くブロンド色の木材は、時が経つにつれて、古びた色になり、たとえひびが入っても、元々の柔軟性を失わず、奥深い森の甘い香りを放ち続ける。人や動物が次々と出入りするため、蜘蛛の巣がはびこる暇もない。貧相だと思う者もいるかも知れないが、ここは夢のように美しい野営地となった。ワインボトルを思わせる緑と、鮮やかな赤で塗られた旧式のトレーラーに、パリ交通局払い下げのバスが加わった。このバスに新たに塗装を行い、金属の風よけのある煙突を取り付けて移動住居として、大スターの楽屋のような装飾を施した。そのすぐ外に色とりどりの小さな四阿を造り、犬小屋や鳥小屋を据え付け、横木からはブランコを吊るし、バーベキューセットや洗濯物を干す綱、テレビのアンテナまで準備すると、これがの大家族の住処となる。そのほかにも、新しい厩舎、馬具置き場、藁や干し草束やおがくず袋を入れておく納屋、馬の足を洗うシャワーなどが作られた。豪華だがもはや必要のない『ジェリコー・マゼッパ伝説』の装置や、『騎馬キャバレー』

の使い古した機材など過去を物語る断片があちらこちらに残っている。いつかは消えていく過去の痕跡は、過ぎ去った青春の証拠であり、戻ることのない祝祭の日々の思い出だ。

観客の安全のために入り口に照明のトラスをつけ、レストラン・ホールを造り、そこで観客のために展覧会を開くようになったことを除けば、この場所は十五年間まったく変わっていない。立派に見せる必要はない。むしろ、贅沢という名の悪魔の誘いや、文化行政からの好意的な申し出、成功が生み出す魔性の力など、現代社会からの度重なる襲撃に抵抗する必要がある。そうした攻撃から、放浪の民の野営地特有の混乱したざわめきを保護し、モリエールのように、自分の居場所は常に旅公演の巡業地のひとつにすぎないという顔をし、不可侵の部族意識を育てる。たとえ、ひと冬の公演にすべて満席という張り紙が出されていても、二度と戻ることのない移動の旅に、明日にでも発つ準備ができているような空気が、あいかわらず漂っているのだ（「この建物は仮設のものですから、すべて分解することができます」と、バルタバスは劇場の模型を見せながらジャック・ラリト市長に話した）。彼自身はいつも同じトレーラーで暮らしていたが、それはアパートの代わりというわけでなかった。移動のできる住居で、野営も同然の日常を過ごし、常に馬という役者のすぐ側に控える。蹄を打ち付ける音や、咳が聞こえる場所にいれば、必要な時すぐに面倒が見られる。時代遅れの車を走らせ、逃亡への耐え難い欲求をひとり胸の内で膨らませる。

バルタバスにとって、オーベルヴィリエに劇場を持ったことは、根本からの大きな変革となった。それまでは、どこかへ行こうとしてきた。オーベルヴィリエに劇場ができてから、人々がバルタバスに会いに来るようになった。怒りを込めて駆歩した時代から、立ち止まりおごそかにピアッフェを披露する時代へと移行する。挑戦し扇動したのちに、調和を作り出すことに取り組む。細くなり洗練され、ひとつのことにより深く打ち込むために、それ以外を拒むことを知る。ミシェル・シマンに導かれ、『波止場』や『草原の輝き』を監督し、アクターズ・スタジオを創立したエリア・カザンは、こうした非凡な変貌を理解できる人物のひとりである。「マーロン・ブランドとジェームス・ディーンのように、バルタバスは優しさと強さ、また女性的な優美さと男性的な荒々しさを、調和させることのできる珍しい存在である」。燃え上がるバロック芸術で飾られた不遜な闘いのページがめくられ、その後に続くページでは、簡素で神秘に満ち、薄明かりの中をゆっくりと上昇していく仮面が現れる。「残酷の演劇」の宣言者で舞台の悪魔祓い師アントナン・アルトーの強烈な好敵手は、バシュラールの『蠟燭の焔』、『水と夢』、『空と夢』、『大地と意志の夢想』から着想を得て、瞑想を知り、突如としてライバルを打ち倒したようだ。バルタバスは自ら周りに芸術上の血縁者の輪を描いてみせた。デシャン、パンと人形劇団、カントール、ノヴァリナ、ピナ・バウシュ、オディン劇場、ムヌーシュキン、ドゥクフレなどは、みなそれぞれに独特な文法を作り上げ、それにふさわしい音楽を作り出した。

『騎馬キャバレー』シリーズが同じことの繰り返しに陥り、ほとんど芸能と化し、作品が疲弊することを危惧して、バルタバスはこれまで続けてきたシリーズを、この新しい木造劇場での公演をもって最後にした。その後、時間をかけて『騎馬オペラ』を作り上げる。この新作で、彼は世界中の音楽から生み出された普遍の言語、文化混合、シャーマニズム、多神教などを含む独自なスタイルを確立する。人間を信用せず、馬にすべてを捧げ、たとえ華やかな照明を浴び、数千人の観客を前にしても、それでもなお、とことん孤独であり続ける男の姿がそこにあった。

移行期の作品は観客に驚きや感動を与え、彼らを動揺させながらも魅了した。『騎馬オペラ』は、まだキャバレーの要素を多く引き継いでいたが、同時に『シメール』や『エクリプス』に見られる宗教典礼的演劇観をすでに予告している。浮浪者風のいでたち、横柄なガチョウたちや皮肉なロバ、巧みに攻撃をかわして馬を操る闘牛馬術やその方向転換の技術などは、過去の作品を踏襲している。また荒々しいしかめっ面の人物が、なんの前ぶれもなく怒りを爆発させ、「ダヴァイ！」と叫んでとびかかるふりをして、観客を狼狽させる。しかし、爆笑と涙、優しさと怒りの旋律を作り出して、舞台に不思議な世界を現出させたのは、現実では成立するはずのない遭遇だった。すなわち、顔に入れ墨を施した素足のベルベル族の女と、黒革のブーツをはいたコーカサスの男たちとの出会いである。装身具が鈴のような音を立てる砂漠の作業場の女たちと、華麗な軍服に身を固めたロシア草原の傲慢なコサック騎兵が向かい合う。南の国のかん高い声と、北の国の重厚な歌声が対峙する。夏のアヴィニョンのブールボン石切場の白い岩壁は、ほかでは考えられないすばらしい音響効果を生み出した。とある部族から別の部族へ、とある騎馬文化から別の文化へ。タンバリンのぎこちないリズムと、アラブ女性のユーユーの声が混ざり合い、砂の上に丸い踊りのラインを描き、戯れる。十八世紀の伝説の女性騎手ラ・ドマ・バケラのように、バルタバスは融合と平和の騎手となり、ロシア正教会の信仰とイスラム教の間の完璧なバランスを具現化した。

　私にとって生涯忘れることができない場面がある。幅の広いイスラム風のパンツ姿のベルベル族の女性が、腕の中に布でくるんだ物を持って舞台に上がり、ゆっくりと布の端を持ち上げる。すると、そこには白馬の首があった。待ち望んだ赤ん坊を亡くした母親が、泣きながらその首をメトロノームのように左右に揺らしているようでもあり、『マリアへのお告げ』でヴィオレーヌが、眠くてたまらない人を起こそうとしている場面のようでもあった。歩くヴァイオリン奏者と馬上のバルタバスによる、影の対話のシーンも忘れ難い。ともに全身を黒の衣装で包んだ音楽家と騎手が、向かい合って、視線を合わせたまま、ピチカートに興じる。演奏者は妖精のような旋律を奏で、騎手はパッサージュ、ピルエット[*2]、そして後退駆歩を見せる。女はヴァイオリンの中、男は馬の中。二人の演者の知らないところで、生きた馬と弦楽器が南仏の夜に紛れて、同じ言葉で話をしているかのように思えた。

訳注

*1 『エルナニ』　ユゴーの五幕韻文劇（一八三〇年）は、古典・ロマン両派の争いを引き起こし、ロマン主義文学時代の開始を告げた。

*2 ピルエット　後肢を軸に、三六〇度旋回すること。

仮面

第二の名前を選び、芸名としたのは、二〇歳の時だった。眉をちょっとしかめながら、闘いに向けての名前を付けた。激怒公バルタバス。

この名前が、自分をどこへ導いていくのかはわからなかった。しかし、それが何を意味するかはよくわかっていた。この突発的な命名によって、自分の過去、家族、アイデンティティ、祖国にまで背を向けることになったのだ。七〇年代半ばのフランスは、ジスカールデスタンの時代であり、テレビニュースでは、キャスターのロジェ・ジケルが悲痛な声で、フランスは観測史上例を見ない水不足に見舞われようとしていると告げた。水ばかりか、想像力すら枯渇したこの国は、窮屈な海と低い空の下で、圧縮されたシーザーの小像のようになりながら、時代遅れのギロチン刑を誇り(一九七六年七月二十八日にクリスチャン・ラヌッチがギロチンで死刑)、そのうえ、「モンタイユ村の記録」によって暴かれた、十四世紀の魔女の登録名簿——それは、のちにアヴィニョン法王となったパミエ司教が作成した——の話題で持ちきりだった。

若い頃の家出は、さしてめずらしくない。だが、思春期の終わりに、個人的な思い出に立ち戻ることを拒絶し、記憶への回帰を避けるためにより遠くへ向かい、現実の世界から逃れたいという確固たる思いとともに家を出るのはめずらしい。バルタバスは決してクレモン・マルティの別の姿ではなく、完全なる離別であり、ある意味での殺人だった。それまでの存在を消したのだ。生まれた時の名前を捨てることで、文明という生得《しょうとく》の遺産を引き継ぐことを拒否した。バルタバスに関するあらゆる記事や文献に、決して彼の本名は掲載されておらず、劇場が唯一の出生地となっている。だから歳も若くなる。冒険が始まった時が、生まれた年なのだ。「バルタバス」とは単に芸名というだけでなく、自由を約束する名前である。この名前が尋常ならざる振る舞いを許す。それは、少しずつ彼の身体にも変化をもたらす。バルタバスの想像の国では、誰もが音楽に合わせて、静寂の言葉を話す。

アンリ・ベイルは一〇〇近い偽名を持ち、その中には貴族の名を偽ったものや、逃亡を続けるためにプロイセンの町の名前を流用したものもある。スタンダールという名前も、グルノーブルから逃れるための方便だった。彼は自分自身を断ち切り、ハンサムな英雄を作り出して女性を誘惑し、フランスを離れて旅をするかたわらに小説を書き、その小説が彼をなおさら高貴で優れた人に変えた。『アルマンス』の著者の偽名について、ジャン・スタロバンスキーが『活きた眼』の中で語っているくだりは、バルタバスを理解するうえで役立つであろう。「自分を謎で包み見抜かれるのを避けることによって、彼は、他人の視線を惑わすようなある外観の彼方を造り出す。人は、彼をその肉体の彼方のあるまやかしの深みのなかに探すことになるだろう。仮面は完璧さにおいてその背後にひとつの世界を想像させ、その世界は単なる幻にすぎないのだが、犠牲者が誘惑者に身を引き渡そうとして駆けよってくる幻なのだ[1]」。

だが、なぜバルタバスなのか。なにより、響きがいいから。叩きつけるような音が心地よい。いろんな意味が隠されていそうだ。聞いた者が好きに解釈すればいい。当人はそうした解釈を嫌がるわけでもなく、唇の端で笑いを浮かべて知らんぷりを決め込み、返事をしない。野蛮を意味するバルバール、黒髭公のバルブ・ノワール、イエスの代わりに釈放された盗賊のバラバか、バロックか、アラビア語の戦いを意味するバルードか。それとも、長靴をはいた猫のご主人カラバス侯爵だろうか。あるいは、ルーマニア南部のステップ草原地帯バラガン。もしくは、アリババと四〇人の盗賊。ナヴァール公アンリのために旅した詩人バルタス、同時代の大道芸人アントワーヌ・ジラールが作り上げた喜劇の主人公タバラン。威張ったアルタバンは、ダルタニアンの騎士道物語に欠かすことができない。そして、砂漠、厳冬、電光、弾薬、水、太陽、子ども、巨《おお》きな子ども。

だからこそ、バルタバスが初めて監督・出演した映画で、ワーナー・ストゥラブの仮面を着けたことは、当然と言えば当然だった。この映画で彼は二重に正体を隠した。耳ざわりな偽名によって、そして堅い革の仮面によって。本人が外を見ることはできても、外からは見られない。顔がないままで馬に乗る。バルタバスは映画『ジェリコー・マゼッパ伝説』で、ヴィクトール・フランコーニとなる。パリで夏のサーカスと冬のサーカスを率いた、ヴェニス出身のこの名騎手は、ナポレオン三世の馬調教師を務めた。一八九七年に八十七歳で逝去。テオドール・ジェリコーは毎日彼のもとを訪れ、駆歩の動きの謎を解明しようと馬を観察した。フランコーニは何ひとつ話さず、言葉では何も説明しない。鞍の上の心地よい騎座と、固定した拳の位置、そしてまっすぐな足ですべてを語った。サーカスの舞台の上では、その愛情深い人馬一体が、仮面に刻まれた悲痛な表情をうち消す。ただ馬たちだけがフランコーニの恩に報いた。空高くそびえる信号塔を拒絶するほどだから、この馬の神は、ほどなく出現する電話やテレビを知らないままに、亡くなったのだろう。無情な名騎手は刹那に縛られ、進歩を理解しようとしなかった。一方、永遠の運命を与えられた狂気の画家は、馬の歩様を一刻も早く理解したかった。ほとんど言葉を交わさないままに二人は理解し合う。最後に、フランコーニは金属的な声で、この新参者に秘密を打ち明ける。「左の後肢が斜め左に。右の前肢が宙に浮いた状態。これが駆歩だ。三つの歩様の中で最も複雑だ。三種の歩幅から成り、それぞれの歩幅は重複する。君の駆歩は虚飾だ。単に女の気を惹くだけのことだ。無闇に駆けても馬をいじめるだけ。要は速さではない。遅さだ。私にとって、馬を理解するとは、遅さに紛れることだ。忍耐と言ってもいい[*2]」。

『マゼッパ』は暗い色調の絵画で、どこかこの二人を連想させる。ヴォルテールは「シャルル七世の歴史」の中で、いかにもヴォルテールらしい筆致で、イヴァン＝ステファノヴィッチ・マゼッパの冒険を語り、バイロン、ユゴー、プーシキンといった文豪たちは、この冒険譚からさまざまな着想を得た。「ポーランド貴族のポドリー宮廷伯爵家に生まれ、ジャン・カシミールの小姓として教育されて、文学の手ほどきを受けた。若いときに、ポーランド貴族の妻との情事がばれ、その貴族に裸にされ、荒々しい馬の背に縛り付けられたまま野に放たれた。馬はウクライナ産で、マゼッパを背にくくりつけたままウクライナまで戻る。到着したとき、マゼッパは疲労と空腹で半死半生の状態であった。農民たちがマゼッパを助けた。そのまま、彼らと長い時間を過ごし、タタール人との競馬で注目を集めた。マゼッパの知識はコサックの中で重視され、その評判は日に日に高くなって、ロシア皇帝は、ついにマゼッパにウクライナ貴族の地位を授ける」。

ジェリコーの絵の中では、マゼッパは黒い牡馬の揺れる背に縛られており、馬は激しく長い旅の終わりに全力を振り絞って、河岸を駆け登ろうとしている。マゼッパの表情は見えない。馬の頭だけが見える。そこに、バイロン卿はロマンを見出し、このポーランド貴族の伝説に作品を捧げた。サーベルによって栄光を得たマゼッパの第二の人生を、ジェリコーは描かなかった。彼の絵は、狂った動物が死骸を背に、闇の中を走っているようにしか見えない。この絵こそが、落馬によって致命傷を負い、死を確信しながらも、苦痛を甘んじて受け入れ、三十三歳で逝った画家本人そのものであろう。しかし、描かれた馬たちとともに画家は生き続ける。馬たちは熱い血を持ち、眼の中に熱がある。

バルタバスの映画を改めて見返したことはない。けれども、国立種馬牧場の石畳の中庭で撮影された、蹄鉄の響きと、馬が浮遊するようにゆっくりと後退駆歩を演じる場面は、忘れることができない。風雪の中を進むコサック兵の攻撃、厩舎での交配、草原の若い馬も目に焼きついている。馬の胸、首すじから額、そしてたてがみのクローズアップ。耳の白い馬の奇妙な踊り。仮面の騎手は我が身を忘れることで、乗っている馬と一体になり、革の仮面は革の鞍と溶け合い、彼は人々に別れを告げて、馬だけの世界に消えてゆく。

服装倒錯者であったオスカー・ワイルドは、「自分自身であることをやめ、自分の利益のためだけに語る奴がいる。そんな奴には仮面を与えよ。真実を話すであろう」と言う。

『ジェリコー・マゼッパ伝説』の中で、ミステリアスなバルタバスは仮面をかぶっており、その顔がより真実の顔であるように見える。

新しい馬がオーベルヴィリエに到着した。バルタバスの呼び名と同じ、マルテックスという名前だった。乗ってみる前にしばらく観察する。一度、その背に跨り、採用を決定する。そして、すぐに名前を改め、新しい呼び名を付けた。ジンガロの一員になった証拠である。馬の世界にも芸名があり、いくつもの表情がある。

訳注

*1 引用は『活きた眼』大浜甫訳（理想社）による。

*2 引用は映画『ジェリコー・マゼッパ伝説』を参考にした。

ドン・バルタバス

満月の夜の水辺に浮かぶ彫刻像のようだった。弓のように張りつめ、身じろぎもしない鹿毛のアングロ・アラブ馬アレニエは、ミルク色の光の中で立ちつくしている。それは不思議な姿勢であった。横から見ると、野生の山羊シャモアが岩の上にいるようで、円形舞台の中の馬とはとても思えなかった。屈撓し頭を下げているのとは反対の姿勢を取り、前肢をより前方に、後肢をより後方に突きだした不安定な立ち方なので、馬が重さに耐えきれずに舞台の真ん中で崩れ落ちるか、あるいは排尿でもやらかすのではないかと心配になる。傾けた頭は、まるで祈りを捧げているかのようだ。同じく黒衣の騎手は目を閉じて、額を長い木製の槍に押しつけている。音楽さえも黙り込む。荘厳で神秘的な大理石の像が、静寂の中で、時の流れに身をゆだね、新しい日の到来を待っているようにも見える。

水面は黒く光っているが、ここに現れているものは、ミゲル・デ・セルヴァンテスが描いたカスティージャの砂漠なのだろう。バルタバスはどの作品にも意味を持たせないだけでなく、なんらかの記述された作品や、神話や伝説をスペクタクルにすることはない。しかし、『シメール』やそれに続く作品でも、馬術という意味において、理想家で型破りで、誰にでも優しいラ・マンチャの男ドン・キホーテを、バルタバスが演じていると考えてしまう。

なぜならば、アロンソ・キサーノよろしく、このクルブヴォワの高きに住んでいた少年は、あるがままの世界を認めることは決してなかった。幼い時から自分の物語を書き、主人公を務める。何頭ものロシナンテに騎士の武装をして跨り、爵位を与えた。そして、実際の通った道と同じくらいに、空想の中でも旅をした。イデオロギーには無関心、しかし騎士道を信奉する。夢想家か、でなければ社会変革者。少なくとも、当たり前の日々に魔法をかける。なんの恐れも抱かず、必要ならば、風車にも立ち向かう。空想の中で、誰も気にせず、自分の心の声だけを聞く。想像力に満ちあふれている。ポプラ並木のざわめきが聞こえるように、この世界の後ろに見えない世界があることを確信している。そうでなければ、現実にうんざりしてしまうだろう。孤独であれば刺激になるけれど、完璧を追求することで苦しんでいる。だからこそ、理性が勝っている人たちからは、常軌を逸していると言われる。彼は生きた謎となっていることを喜んでいる。

『シメール』で、ドン・バルタバスの従者、サンチョ・パンサはジャン＝ピエール・ドゥルエだった。『ジェリコー・マゼッパ伝説』の作曲家で、効果音のスペシャリストで、パーカッション奏者で、オーケストラの道化師だ。自分の声や身体を使い、手作りの金属や木製の奇妙な楽器を用い、わざとかすかな音で、風や雨の音、波のざわめき、森の木々の音や吹き荒れる嵐を再現し、時には神ともなる。満員の観客をまったく無視して、いつも口元を動かしている馬、ロートレックと舞台の上で会話する。二人ともおしゃべりで、同じように滑稽だ。初めて出会って興味を持った二人が、親友になるために、打ち明け話に精を出しているところらしい。

『シメール』はある意味で、ジンガロ初のスペクタクルと言えるだろう。『騎馬オペラ』を最後にして、『騎馬キャバレー』の全シリーズに終止符を打った。同時に、バルタバスの身体は変貌し、諸肌をさらす集団の統率者になった。経験によって論理が生まれ、アメリカ南部の馬、分類不能のアクロバットや、異邦の音楽で、まったく新奇な展開を披露する。今度はタール砂漠から、マンガニヤールやランガを演奏する、赤褐色の肌をしたラジャスタンの楽士を連れてきた。彼らの哀歌の旋律は、カチカチ打たれるカルタルでリズムを取り、黄土色の砂の上のドン・キホーテの旅に同行する。舞台中央にあるトルコ石の青緑の光沢を持った、黒いダイヤモンドのように輝いている円形の湖の真ん中を、若々しい見事な姿のシャンタラ・シヴァリンガッパが湖水の白鳥のように滑っていく。ピーター・ブルック演出の『テンペスト』にも出演していたこの女優のすぐそばを、堂々たる純血種の馬たちは走り抜けるのだが、小さな水晶の妖精を傷つけないように気を配っている。

バルタバスがそれまでの作品で試した馬上のアクロバット、二頭の馬に立っての騎乗、ロング・レーン、[1] そして鞍をつけていない馬たちなどのすべてを、『シメール』で完成させた。華々しくなることを頑なに避け、技術を見せつけず、演劇的な技巧もなく、限りなく自然な状態を作品にすることで、体系的な美を追求し、本質的な純粋さを求め、神聖なるものへの普遍の儀式が劇作術の秘め事となる。

そして、アッティラのごとくバルタバスは武器を下ろす。その野蛮な過去から馬だけを残す。馬たちも気品を身につけたように見える。優美な姿で馬に乗り、イサドラ・ダンカンのような身体の動きで空に螺旋を描き出す。キホーテの有名な後退駆歩は、『騎馬オペラ』や『ジェリコー・マゼッパ伝説』では大袈裟なところが残っていたけれど、『シメール』では自然なエレガンスを身につけていた。もはや名人芸を身につけるための練習ではない。しかし、ヴェルサイユの高等馬術のような神秘性を期待するのは、時期尚早である。とはいえ、この後退駆歩は賢者とその馬とが合意し、身体と芸術への認識をともにした時に、たどり着くであろう姿であった。ある種、未完のラブ・シーンである。恥ずかしさと、ちょっとした嫉妬心を感じながら、見とれてしまうのだ。

それまで、観客を怒鳴りつけ、または邪険に扱い、挑発してきたバルタバスが、この頃から急に態度を改め、瞑想するように見つめている観客を受け入れ、集団の儀式として、まったく異なった時間への参加を誘うようになった。観客が舞台で観るものを受け入れて、劇場を出る時に、なんらかの変化を感じてもらいたいと望むようになった。以前を懐かしむ声がなかったわけではない。ホット・ワインや金切り声、漂う農場の匂い、素朴なフラメンコ・ダンス、トマト投げなどを期待し、お気に入りのパターンがくり返されることを願った。祝祭は好きだけど、ミサには行きたがらない。交響曲の代わりにソナタを楽しむことができず、具象画は好きでも抽象画は受け入れられない人々がいる。放浪の民のサーカスならば楽しめるけれど、神秘的なものには不安を感じるのであろう。

胸の痛むインド哀歌と、ターバン姿の楽士が注意深く見守る中、装身具を着けた騎手たちと馬が演技し、踊り、また走りまわる姿が、夜のガンジス川の青い水面に映り、浮かぶろうそくの灯りが揺れて、奇跡のオアシスとなる。照明もずっと洗練された。ジョルジュ・ド・ラ・トゥールの油絵を思い起こさせる光は、闇に秘密の建物を造りだし、燭台の灯りが静かな夜に、瞑想する顔を照らし出す。私たちの世俗的な闇に、神秘の裂け目が横切ったようだ。カラヴァッジョの絵画にならい、バルタバスは不要な装置や邪魔ながらくたを少しずつはぎ取り、絵の中に本質だけを残し、芸術作品を霊的高さにまで持ち上げた。

思考が舞台にあり、そこに至った証拠ではない。詩そのものであって、散文ではない。大人になれない子どもの心がある。大いなる幻想の中に、優しいキマイラがいる。ある日、出身もよくわからないドン・キホーテがペガサスを伴い、ジンガロが創ったインドを、パリ郊外に連れて来るなど、誰ひとりとして想像をしなかったであろう。

バルタバスの騎手としての優秀さを疑う人々も、『シメール』によって、徐々にではあるが、彼の騎手としての素晴らしさを目にし納得した。スタンダールは、「愛情という、この妄想でしかない情熱は、間違いのない数学という言語を要求する」と『ラシーヌとシェイクスピア』の中で書いている。バルタバスは愛情深いほど厳しく接する。夢を見るほど出し惜しみする。馬術をよく知る者は、バルタバスのくつろいだ騎乗姿を見て、ヌーノ・オリヴェイラの騎乗姿を思い出す。その深い騎座や、大きく見える胴体、下ろした太股、柔らかな腰、重くしっかりした尻、軽々とした背中、見えないろうそくを支える拳などで。それをポルトガルの大馬術家は、「臍を、馬の耳の方へ引っ張る」と教えた。知らない者には、単に動物の美しさを見せる。それは、精神や身体の限界までを強制されたり、駆り立てられていない馬の美しさだ。落ち着き、柔軟で、快活で、誇り高く、軽快なようすは、その馬が自分の背に騎手を乗せていることを、すっかり忘れ去っているようだ。たとえ人を乗せていても、鞍を付けていなくても、これこそがもっとも理想的な馬の状態で、野性のままで文化に適合している。舞台空間で自然と文明が手を結ぶことは、あらゆる偉大な芸術家が目指していることだ。

作品の最後のシーンで、馬のジンガロは大きくて温厚なアザラシのように光り輝き、静かな水の真ん中に座り、水辺の湿った砂の上にうずくまるバルタバスをじっと見つめている。人と馬は視線を合わせたままだ。彼らが交わす言葉にならない言葉を観客は聞く。抱き合った彼らが、今は見つめ合っている。別れを恐れているかのようだ。湖の上のろうそくがひとつ一つ消えていく。夜の闇がテントの中に落ちる。『エクリプス』の最後は、ジンガロただ一頭だけだった。ジンガロは、バルタバスの栄光のほんのちょっとを持って、永遠に去っていくのだろう。

訳注

*1　ロング・レーン　ウィーンのスペイン乗馬学校等で行われている運動。騎乗せず、馬の後ろから二本の手綱で調教から高等馬術までを行う。

地の果ての騎手

アメリカ合衆国に行くことは、バルタバスの主義に反する問題となった。不本意にも、ホテルに泊まらなくてはならない。バルタバスにとってホテルは、不要な設備が付いた、清潔そうに見えても実は確かでなく、そのうえ、部屋に番号の付いた牢獄でしかない。彼も仲間たちも、アーモンド形ヘッドライトの付いた、丸みを帯びたキャラバンで、おおいに愉しんでいる。オーベルヴィリエやヨーロッパ圏内のツアーなら、ジンガロ一座はホテルを占領して観光客の邪魔はしない。だが、緑と赤のトレーラーの隊列が大西洋を超えていくことは考えようもなく、二十七頭の馬を特別な馬専用運搬スタールに入れ、予約したエール・フランス航空貨物便ボーイング七四七を二機使用して移動するしかない。バルタバス、劇団のダンサー、曲馬師や楽士たちは、ヒッチコックの映画に出てきそうな、古びた皮と黄ばんだ壁紙のホテルに宿泊することになる。ホテルはマンハッタン島最南端のバッテリー公園にあり、ヨードと機械油の臭いがしていた。窓の遠くに自由の女神像が見え、眼下に馬たちやテントがあって、毎日十二時頃に出かけた。その頃はまだ、ワールド・トレード・センターの二つの塔の影が見えていた。

一九九六年秋、もっともフランス人らしくないフランス人が、力づくでなく謙虚で人間的な魅力を武器に、ニューヨーク征服に出かけた。ブルックリン音楽アカデミー校長のハーヴェイ・リキテンシュタインからの招待を受け、彼が主催するネクスト・ウェーヴ・フェスティバルで、二か月間、『シメール』を上演する。衝撃が走った。五万人のアメリカ人が、七十五ドルのチケットをわれ先と争い、多くのスターたちに混ざって、ダイアナ・ロス、ロビン・ウィリアムス、ハリソン・フォード、デミ・ムーア、メル・ギブソン、グレン・クローズ、マース・カニングハムたちが、異国情緒を求めて、もしくは流行に後れないようにと押し寄せ、「ジンガロ・ドリーム」の繊細な馬たちやラジャスタンの音楽に、割れんばかりの拍手を送った。マスコミはこの熱狂的な賛辞に驚き、エディット・ピアフとイヴ・モンタンというフランスの二大スターがこの新世界の舞台で人々を熱狂させた時以来、と書きたてる。ニューヨーク・タイムズ紙は、「神秘的な聖体拝領」と誉め讃え、デイリー・ニューズ紙は、「この作品は、アメリカの地でもっとも評価される興行となるであろう」と報じた。さらに、ホース誌は、「魔法と神話を集めて創られた『シメール』は、馬の豊かな神秘性をあがめていた古きよき時代を呼び戻して称賛する」と書いた。

北米初の騎馬オペラに、この国の人々がここまで興奮したのは、アメリカ大陸では人間が動物を支配してきた歴史があり、そうでなければ大西部開拓はあり得なかったからだと言えるだろう。この国では馬を従わせるため、まず投げ縄で首を縛り上げ、太い腕で屈服させるところから始まる。荒れ狂う馬を抑えるロデオは、今でも国民的スポーツとして続いている。ムスタングやクォーター・ホースは、もっぱらハックモアを馬銜として装着されている。馬の能力や馬力、そして従順な性質は愛されても、美しさは愛でられていない。だからこそ、女性的で官能的で、忍耐を経て調和によって一体となった人馬が、観客を唖然とさせ、これまでの馬への認識を覆した。ラ・ゲリニエールやボーシェーのような参考となる馬術家が存在しない国では、誰もがバルタバスに飛びつき、「モンタナのホース・ウィスパー」のような馬にささやく人に例えた。ロバート・レッドフォードが映画化した『モンタナの風に抱かれて』は、民間療法と哲学にまで通ずる、沈黙の言語の存在を知らしめた。こうした状況でバルタバスは、モンティ・ロバーツと、ピエール・ブーレーズかロバート・ウィルソンとの交配種だと考えられたのだ。バルタバスはこの話に苦笑いしながら、「ささやく人というのは、ヨーロッパでずっと昔から行っていることを、単に概念化したものだよ。俺は馬たちの耳元でささやいたりしないさ、馬たちの言うことを聴くだけだ」と話した。

星条旗の下にあるこの国ではすべてが速い。文化も産業であって、商売人が見張っている。バルタバス熱に、すぐさまハリウッドが、ラスヴェガスが、そして、ディズニーランドが食指を伸ばす。数百万ドルの札束を並べて、契約を要求する。この風変わりな芸術家をアメリカ化すれば、大きな利益を生み出すに違いない、と。総合レジャー施設のプロデューサーが、超高層ビルの最上階にあるレストランでの昼食会に、バルタバスを招待する。「世界を征服した気分だった」。太い金の万年筆を取り出して、三年間の独占契約にサインを迫る。この契約書にサインをすれば、エッフェル塔のレプリカの足元にジンガロのテントを再現し、騎手と馬を倍にして、一日二作品の公演を打ちましょう。段ボール紙のジンガロランドのビッグ・ボスだ。バルタバスは爆笑すべきか、落ちこむべきか迷ってしまった。どちらにしても、新作を作るには、二、三年かかってしまうことは自明のことだし、それだって確かではない。そのうえ、疲れをためないため、馬も人も、週五回以上の公演は決して行わない。「ジンガロのクローンはいらない」と、にべもなく言い返す。びっくりする企業家に、クルブヴォワの少年は、昔からロシアの歴史や文学や、エイゼンシュタイン、タルコフスキー、パラジャーノフなどのロシア映画に影響を受け、ロシアの広大な大地や多様な言語にはおおいに興味はあるけれど、アメリカン・ドリームを夢見ながら育っていないことを説明する。今さら若返ることはできない。

二年後、再びマンハッタンを訪れ、『エクリプス』を四〇公演行う。この公演はアメリカの観衆を慌てさせた。「観客は、当然『シメール』と同じような作品だと思っていたんだ」。バルタバスは思い出しつつ話した。「騎馬隊が、インド音楽で走り回ることを期待していたのさ。フランスで騎馬キャバレーの三作品のあとで『騎馬オペラ』を発表した時と同じ反応だった。劇団としてのジンガロが成長していくに従って、観客も成長できるはずだ。観に来る人は、たとえ馬のことを全く知らなくても、我々が試している急進的な考えを受け入れてもらいたい。ジンガロとその固定客は一緒に歳を取り、一緒に成長するから、素晴らしい関係を築いている。アメリカ人は一緒に経験しようとしない。彼らの舞台に対する反応の熱烈さはほかにないもので、時にはやり過ぎで困ってしまった。ずっと拍手しっぱなしで、『エクリプス』のような内面的な作品を、高度な馬術技術を見せる出し物の連続に変えてしまった。それが奴らのやり方であって、騒々しく馬を乗りまわす連中だということを、決して忘れさせてくれなかったな」。バルタバスはアメリカを屈服させた。しかし、アメリカはバルタバスを征服することはなかった。

いずれにしても、どこへ行こうが、この騎手はただ通り過ぎるだけだ。どこにも住みつくことはない。足跡と蹄跡が混ざり合って、砂の上に残るだけ。後に、伝説として名前が残る。インドではジンガロ・ビールが飲まれ、グルジアでは人々はバルタバスという名の山に登っている。急ぎ足の旅人であって、観光客にはなりきれない。騎手であって、名所をぶらぶらと歩き回りたいとは思わない。馬に似て、愛想よくできない。放浪の民であって、どこにも長居しない（五〇年代スタイルのキャンピングカーの中で、くつろいで話していたとき、「よく考えてみたら、ジプシーや大道芸人ほど、旅行をしない人々はいないのじゃないだろうか。なんといっても、どこへでも自分の住処を持ち歩いているから。だから変わるものは、ひとつしかないよ。朝、目が覚めて、小便しにドアを開けたら、目に入ってくる景色だけさ」と語った）。公演のためモスクワに着いてすぐ、バルタバスはギリシャ正教の司祭に会いに行き、前々から心に秘めていながら、誰にも訊けなかった質問をした。「馬には、魂があるのですか」。即座に返事があった。「すべての愛される資格を持っているものは、魂を持っています」。安心して、教会をあとにした。

新作のための調査には、いつも衣装担当のマリー＝ローランス・シャクムンドと、民俗学的舞台美術家のフランソワ・グリュンドと一緒に、数日間の短い滞在をする。『ルンタ』の旅路は、ヒマラヤ山中のギュート僧院まで行き、これまでになく長い時間を過ごした。時間は僧侶たちの低い声で刻まれ、祈る姿を見せてもらい、四季の移り変わりを語り、質素な食事をともにし、古い活版印刷の教本のいくつかにそっと触れて、パリへと舞い戻った。心身ともに満たされて。そのうえで僧院長からの約束を得た。「我々の僧院は、あなたの企画に参加しましょう。あなたはよい方だと感じます。我々の考え方をわかっていただけ、信頼できる方だと思います」。『シメール』の時はインドへ行く。人と牛が雑多に混ざり合っていることに驚きつつ、ジャドプールの庭園でラジャスタンの演奏を聴き、さまざまな色が使われた馬具を店で発見し、空気を嗅ぎ、馬のように身体をぶるっと震わせ、すぐに立ち去る。情報多食症で、目に見えるもの、鼻で感じるものすべてを貪り、表情を採集し、使い道のないものを山のように手にしては、帰国すると同時に、誰彼かまわずあげてしまう。瞬時にシャッター・チャンスを求め、ひらめきを感じ、隠された暗号を探す。さまざまな国を演出家の目で眺めて、映画監督のカメラで焦点を合わせる。

しかし最も長い間、外国で過ごしたのは、一九九五年の『シャーマン』撮影の時だ。衝撃的な美意識に満ちたこの劇場映画は、公開当時、観客の理解を得られなかった。だが、シムノンがフェリーニに送った称賛がそのままあてはまる作品だった。「私が感動して止まないのは、あなたがあらゆる意味で、拘束やタブーや規則から逃れていらっしゃるところです」。バルタバスが共同脚本家のジャン＝ルイ・グーロウとともに描こうとした話は、企画の段階では、強制収容所を脱走したヴァイオリンの名手がシベリアを横断する、ドン・

キホーテ的冒険譚であった。しかし、すべてを現場で演出することになる。たとえば、主人公のディミトリがバイカル湖にたどり着くと、氷に阻まれて動けない錆びた船の上で、乱心した老人がヴィソツキーの哀歌を口ずさみながら身体を揺らしている。このシーンを、当初は洞窟の設定で考えていた。しかし、洞窟を作るだけの予算がなかった。そんな時、三〇年以上もうち捨てられたままの幽霊船を見つけ、広大な白い砂漠で動けなくなった廃船が共産主義の没落を象徴すると考え、バルタバスは飛び上がって喜こんで、一晩で新しいシーンを書き上げ撮影し、貴重な一場面となった。

この映画の撮影が如何に惨憺たるものだったかを、彼はいきいきと語ってくれた。『シャーマン』はバルタバスにとって、まさに『勝手にしやがれ』だった。「まったく知らない人たちばかりだし、話している言葉はわからないし、ただ本能で動くしかなかったよ。予算は、撮影を始める前に、ロシアのプロデューサーに盗まれてしまった。奴はマフィアの一員だったらしい。ホテルはツケで泊まり、馬を三頭盗んだこともあった。ウォッカで元気をつけていた。毎朝、ポケットを裏返して、その日のガソリン代と飯代を、どうにか見つけ出したものさ。シベリアはあまりに惨めだからという理由で、ロシア側から行かないように言われた。必要な舞台装置ならばモスクワにあるにはあったけれど、あまりにもひどい状態で、全部直さなければ使えそうにない。だけど問題があればあるほど、俺は興奮したな。困難なことや事故があると、反対にエネルギーが沸き上がるんだ。馬たちからは映画作りを教わった。馬術によって粘り強さを学んだし、状況に合わせて行動し、その前に用心することも教わった。フランス側のプロデューサー、マラン・カルミッツがつくづく言っていたけど、俺以外の人間だったら、もっと前に投げ出していただろうって。ツキがなかったから、それを逆手に取って、よい方向に持っていけたのだと思っている。『シャーマン』は確かに、西部劇に対する東部劇と言えるだろうな。撮影そのものが、まさしく大冒険だったから」。

　現在のサハ共和国、ヤクーチアの寒さは想像を絶するもので、寒暖計がマイナス五〇度を指すことも度々ある。寒さから身を守るために、小型の馬たちは冬毛を発達させ、あまりに長い毛なので毛皮を着ているようだ。シェトランド種と同系列ではなく、見た目からは平凡な馬であるが、タイガではおおいに愛されている。この馬たちは、手入れされていない蹄で雪を掻き出して、その下に隠された地衣類を漁るのだ。そのうえ、信じられないような平衡感覚を持っていて、雪だまりの中で駆歩する。野性的、かつ社交的である。ヤクートの人々は生きた馬に乗り、死んだ馬の肉に火を通して食する。バルタバスは、ヤクーツクに到着した夜に催された宴会を忘れることができない。その宴会には、ポニー肉のステーキ、内臓、ソーセージが出されたのだ。生涯を通してたった一度だけ、嫌々ながらウマ類を飲み込むことになった。

何週間も、現実と思えない時間を過ごした。バルタバスのカメラは、無限の能力を持つ俳優イゴール・ゴツマン演じるディミトリを追い、ヤクートの馬に乗って逃亡する姿を撮影した。彼を乗せたヤクートの馬は、連れて行こうとする場所よりずっと遠くの、もやのかかった地平線の彼方まで駆けて、夢幻境へとたどり着く。シャーマンの魂に守られたヴァイオリン奏者は、行く手を阻むものを避け、樺の森をなんとか通り抜け、寒さに適応する動物のように自然と一体になる。氷のはったバイカル湖上、凍死しそうなディミトリは、馬の胸先に軽く切り傷をつけ、そこから流れ出る熱い馬の血を飲み、命を救われる。逃亡の途上で出会った老女は、アフロディテの催淫剤を飲むようにと差し出した。バイクのサイドカーに乗ったヒステリックな皇帝軍の将軍に助けられ、古いぼろ舟の上の狂信者は昼夜問わず、むなしく旅立つことを夢見ていた。

この映画のために、作曲家のジャン＝ピエール・ドゥルエは、クラシックなヴァイオリンの調べとヤクートの口琴ギンバルドの調べを混ぜあわせ、バッハの組曲を編曲し、大公のトナカイと野生のポニーの会話を、音楽で聞かせてくれる。シベリア横断は主人公の秘技伝授の旅であるだけでなく、映画監督にとっても重要なものであった。「人がいうほど、自分がミステリアスな存在なのかどうかわからないけれど、人間というものは電球のようなものだと考えている。ある日、電球が切れれば、それで終わりだ」。ヴァイオリン奏者は、かつて栄光を知ったモスクワには二度と戻らない。文明的な生活には、馴染めなくなる。遙遙たるタイガの森林のもとに戻り、安らぐのだ。

ミルチャ・エリアーデによれば、馬だけが人間を恍惚へ、つまり自己からの離脱へ導くことができる動物で、そこから「神秘の旅」が始まると、ヤクートのシャーマンは考えているそうだ。映画のタイトル『シャーマン』は、『神の馬』といってもよいだろう。このシベリアに滞在したのち、バルタバスの神秘の部分は、二度と現実の世界に戻らなくなったように思える。

消滅への誘惑

消えていくことが運命づけられている演劇作品の評価は、いかに人の記憶に強く残るかで決まる。そして、作品が時間に逆らって、我々の内で大きくなり、そっと心の中で懐かしむことができるかどうかであろう。バルタバスのこれまでの作品で、私が最も感動したのは『シメール』で、何より幻惑させられたのが『エクリプス』だった。

初演から十一年経つが、映像として記録されたものはまったく見ていない。おそらく録画された映像によって、初めて観たときの驚嘆の思い出が薄れ、記憶の舞台映像をなくしてしまうことが恐いのだろう。だから、それぞれのシーンの順番は正確には覚えていないものの、『エクリプス』はまるで昨日のことのように思い出せる。

白い雪が黒い地面に降り、黒い雪が白い地面に降っていた。冬は思いがけず穏やかであった。裸足の男女が、黒砂のサークルに囲まれたやわらかい舞台の上を走っていた。真っ白な馬は夜に身震いし、黒い馬は陽光に輝く。シルクの海が波を打つ。暗い亡霊のムスクの香りが漂い、蝶の羽を持った亡霊とすれ違う。黒いゲイシャは白のかつらを着けて、白黒のペルシュロン馬の背に揺られて眠っている。化粧をした尼僧は、皮肉屋の小さな黒い馬とワルツを踊る。激しい駆歩の後には、礼儀作法の正しいお茶席が開かれる。ベジャールのカンパニーにいたキューバ人バレエ・ダンサーのフリオ・アロザレナと、金髪の騎手エティエンヌ・レニエの、二人のふぞろいなステップが奇跡のように調和する。モロッコ出身のメサウド・ジガンヌが馬の上でアクロバットをし、ピナ・バウシュのカンパニーから来たダンサー、キンセラ・スワニンガンと絡む。赤銅色の肌とピンクの肩が、暗い瞳と明るい瞳が絡み合い、なんとも言えないエロスが漂う。満月の明かりが広がる白い砂漠に、シベリアの透明性が加わる。そよ風が修道士の長衣を揺らす。サムライの衣装や、日本風のキモノ、扇状に広がるシルクのドレス、ゆったりとした中世風のチュニックなど、すべてが揺らめく。馬たちの後躯は初雪よりもなめらかで、騎手の衣装には、老人の顔のようなしわが刻まれている。目を開けたまま見る夢の最後が、あまりに穏やかであるがゆえに、不安をおぼえた。黒い馬のジンガロが白い砂の中に横たわり、ブルッと体を揺すったのちに座り込み、大理石のシャーマン像になって観客と向かい合った。

季節のない楽園に、和解した仇敵、混血種、両性具有、半人半馬たちがそろっているようだった。ここでは太陽と死が向き合い、バビロニア人が「双子」と呼んでいた月は、両性具有の神を象徴する。スーラージュの絵を思い出す静かな風景画は、黒と白の対照によってより正確な図形になり、図形の上のバルタバスはあまりに穏やかで、これまで感じたことのない哀しみがあった。この男は幸福のほうへは進みたがらないようで、いつも急いで動き、常に不満足で、青白い地面と暗い空の間で迷い、人間性と動物性の間でも戸惑い、過去と現在に引き裂かれているかのようだ。ミショーの「外側」と「内側」も、ようやくこの世界で、あるべき場所を見つけたことだろう。

ただ、血を流しながら引き裂かれる動物のような声だけが、この「静かな朝」のアジア的調和と均衡を乱していた。パンソリを歌うチャン・サンソクの声である。絃楽器のカヤグムやヘグム、太鼓、管楽器のテグムやテピュンソ、横笛、銅鑼、木魚などの楽器を韓国の楽士たちが平然と演奏していた。バルタバスの魔法で作ったこの世界が、この一夜の観客を最後の証人として、消えゆく悲しい幻影であることを、階段席の一番上にある山の頂上で、歌手は嘆いているようだった。歌手の悲痛な声は、子どもを失った哀しみを天に訴えかける、母親の叫びのように聞こえる。危険など知らない子どもが、シナウィの音楽にあわせて最期の舞を見せている——そんな古い白黒映画を観ているような気分にさせられた。

今になってみれば単なる幻覚だったと言えるが、『エクリプス』を見たとき、無に帰する前の最後の世界だと思ってしまった。バルタバスがあまりに禁欲的になり、舞台に最後の言葉を告げているように思えた。消え去ることを選び、そして扇の陰に顔を隠したまま観客に背を向けて、古典馬術の完璧な修練歩で遠くへ歩いて行ってしまうような気がした。ミショーが『遠くの国から書き送る』を書いた時のように引きこもり、ベケットが『名づけえぬもの』を亡命して書いたように。「おれの血で考える。おれの呼吸で考える。言葉で、ゆっくり、主語は動詞に到達する前に死んでしまう。単語も立ち止まる。しかし、もっと低く話す。毎年、少しずつ低く。たぶん。もっとゆっくりになる。毎年、少しずつゆっくりと……」。

そうして、バルタバスはこの公演ののちに消えていく、神のみが知るどこかへ姿を消してしまう。雪の日に、足跡も残さず地平線の彼方へ消えていく。たぶん、毎日いっしょに訓練してきたルシタニア馬を連れていくだろう。まるでヴァイオリン奏者が楽器を持っていくように。時代に合わせて人々が喜ぶ作品を作り公演することを忘れ、孤立した馬場に閉じこもって半人半馬の理想を追求し、馬術という刹那の芸術にこれまで以上に身を捧げて、馬とともに死んでしまう。その熱心さは孤独を生み、ヴェニスに死すのように、馬術のために死すのだろうか。

ある夜、ジンガロ劇場の出入り口の鉄柵を閉めて灯りも消し、遠くから街のざわめきもほとんど聞こえなくなり、窓の下にいる役者のガチョウたちもおしゃべりをやめてしまった時間に、バルタバスのトレーラーで彼と話したことがあった。彼の目の中に、逃げ出したいという思いが、きらっと光ったような気がした。引きこもりたいという不可知の夢なのか、馬たちを休ませる必要からだったのか。バルタバスが言った。「法律は意地悪くなるし、舞台芸術の世界は矛盾だらけで、本当に素晴らしい作品や貴重な創作に限って、観る機会が恵まれなくなっている」。その時、バルタバスは四〇歳だった。自分の道をここまで歩み、多くの経験をし、名声を得たが、その名声が重くのしかかる。地方のファンがオーベルヴィリエまで追いかけて来たことを知り、人生の秋を迎えたバルタバスは唖然とした。ささやかな挨拶に、あまりに多くの拍手が返ってくる。いつでも待たれていることに混乱しながらも、初期のキャバレーから続けて公演を観に来てくれるファンに対して、バルタバスは責任を感じていた。このまま逃げずに続けていくのは、こうした古くからのファンを失望させないためであり、ジンガロの仲間たちを裏切らないためである。本人は、多くのファンにとって、またジンガロ劇団にとって、自分が重大な位置を占めているとは考えていないようだが、二、三年ごとに新作を発表することで、名も知らない数百万の人々に元気を与えている。この時ほど私は、バルタバスがジャン・ヴィラールに近い存在に思えたことはなかった。特に『トリプティック』を仕上げることは、気持ちの上でも意識の上でも、自分の義務であり、その先も、現代のために新しい夢を創り続ける義務があると考えていることを知ったからだ。「戻らない旅に出れば、すぐに何も見えなくなってしまうだろう」とジャン・タルデューは書いた。その夜、バルタバスは、まだ未来を見つめて、荷の重い期待を背負っていた。

偉大なる馬の死

とてもシンプルだがこれまで見たことのない一通のカードが、一九九九年の年始めに届いた。カードの表には、次のような告知が印刷されていた。「ジンガロ劇団は、ここに馬のジンガロの死をお知らせいたします。十五年間に渡り、劇団の全作品に出演し、十七歳でその命の火を消しました」。裏には、エルネスト・ピニョン＝エルネストのパステル画が、逝ってしまった美しい馬の最後の出演作品『エクリプス』そのままに伝説の姿を、白地に黒で刻んでいた。雪の中にしゃがみ、前肢を伸ばし、白鳥のように首を曲げた先の重い頭は、何事かを考えているようだ。ロダンの「考える人」ならぬ、「考える馬」であろうか。

高い鬐甲を持つ闇の国の王子は、意志が強く丈夫なオランダ原産のフリージアン種である。その昔は戦争や畑仕事のため、その後は王室の馬車を引くために交配された。十九世紀には、華やかな葬式馬車を曳いた。フリージアンならば、しっかりと死者を運び、葬列は荘厳なものとなる。アンダルシアン種と交配されて軽快さが加わり、その力強さと繊細さを併せ持つことで、高度な調教が可能になり、馬術学校でも使われるようになった（フランスのある騎手が、若いフリージアンをポルトガル式馴致で調教して、六か月間でパッサージュからピアッフェまでできるようにしたことを思い出す。元気いっぱいの八〇〇キロの塊が、ゴム製の彫刻のように跳ねていた)。

ジンガロとは、「放浪の民ボヘミアン」の意味である。一九八四年に、バルタバスがブリュッセルの仲介人アレックス・ヴィルムから買い取ったときは、二歳の毛むくじゃらの子馬で、太い脚は曲がっていた。この時の出会いがその後の運命を決定したと考えてか、十五年後に、こんな詩を紙の切れ端に書きなぐっている。「遠くから長い間、互いに見合った後に/ある朝、互いに顔と顔を合わせる/その時、馬は初めての一歩を歩き出した」。

バルタバスは、この馬を父として育て、調教し、散歩させ、筋肉を鍛え、いつでも一緒だった。移動の旅の中で育った馬は、真っ黒な鼻孔やたてがみを風にさらし、歩調を変えずに、アリグル・サーカスのキャラバンで国から国へ、公演から公演へ、飼い主に従い移動した。動物というよりは忠実このうえない相棒であり、バルタバスの「馬家族」の大切なシンボルとなり、その名が騎馬劇場の看板に彫られ、劇団の名称となった。フランスでは黒く光る馬をモローと呼ぶ。ジンガロは同時に、モラルでもある。

喜劇にも、悲劇にも、パントマイムにも秀で、詩的なものまで上手く演じる。この大型役者は同じことの繰り返しが大嫌いで、変化のない仕事を好まず、その青毛が輝く照明の下を愛した。「ドン・ジュアン」、「タルチュフ」、「スカパン」、「人間嫌い」、「いやいやながら医者にされ」た男を彼なりのやり方で演じ、モリエールこと旅芸人ジャン＝バチスト・ポクランの後継者となった。確かに劇団の中でも優遇され、一頭だけで空間を支配し、誰かを背に乗せることはなかった。この馬の自由を邪魔することを恐れ、バルタバスはジンガロのためだけに舞台を与え、確固たる個性を守り、人間世界と馬世界の間のどこかにある、この馬の場所を守った。ふたつの世界の心引かれる曖昧な境界で、バルタバスは影となって、進化した人馬一体を作り出した。

霊柩車につながれた黒いジンガロは、聖職者のような厳粛な痛みをよく感じ取り、『葬送の祈祷』を書いたボスエや、『ルソン・ド・テネブル』を作曲したクープランにも比肩しうる。賛美歌を歌うカウンター・テナーの顔つきで、高位聖職者のように胸を張り、祈祷の時に左右に揺れる香炉のように動いた。遙か昔、どうしてフリージアンが霊柩車の轅につながれたまま、墓地の入り口で倒れてしまうのか、誰にもわからなかった。敬虔なる人々は、「この馬たちは死者たちの魂に同調して死んでしまうのだ」と確信していた。実のところ、あまりに食いしん坊なフリージアンが、墓場の入り口にある樫の木の死をもたらす葉を食べつくしてしまったからだ。しかし、ジンガロは毒を飲まなくても、死の影と話をしていた。

彼の優しい心は、奇怪な怪物に変身することも知っていた。攻撃的な駆歩で、恐がった演技をするバルタバスを追いかける。その時、目は血走り、鼻孔からうなり声をあげ、唇は裏返り、白い泡を黒い顎まで垂らし、じろじろ見たり、親しげにしたり、脅かして、愉しみながら観客をパニックに陥れて、いかにも陽気なようすで楽屋へと戻っていった。舞台で力一杯の演技をしたあとで、自分の額を体にこする仕草は、黒い彫像が目のまわりの眉墨やマスカラをぬぐい、舞台化粧を落としているように見えた。ジンガロはスターだった。

ジンガロはバルタバスと親密な関係を保ち、ほとんど離れることがなかった。自分を作ったピグマリオンが目指している芸術的高みに、本能で従っているようだった。アリグル・サーカスの時代は自ら進んで道化師を演じ、『騎馬キャバレー』シリーズでは奇怪な役柄を演じた。そして、『シメール』以降、哲学者になることにした。哲学者は舞台の中央に座り、メタファーの核となる。ジンガロは、長く動かずにいられる能力と賢さを備えていた。そのうえ、諦観、同情、皮肉、憂鬱といった、馬には珍しい感情を表現できた。観客は馬を見ているのか、それとも馬に見られているのか、わからなくなってしまう。シルクのような巻き毛の前髪に隠れている、夜の青さを持った目には、限りない優しさがあった。

この優しさは、たとえば長く舞台に立ってきた、疲れの見える役者が醸し出すような優しさで、同時に、舞台だけがこの役者の人生だとわかるものだ。バルタバスはジンガロを草原に連れて行き、そこで死なせてやりたいと考えていた。

『エクリプス』の白と黒の舞台は、彼のためのものであった。韓国の絃楽器や笛や太鼓の演奏がやみ、歌手の悲痛な声も沈黙した最後の場面で、ジンガロはゆったりと舞台に進み出て、慎重に息を吸い込み、黒い長毛で覆われた太い踵で無垢の舞台を引っ掻き、子どものように転がっては、全身をぶるぶると震わせ、後躯を下に座り込む。漆のような黒が、真っ白な雪の上に。彼は美しい。満員の劇場の中にただ一頭しかいないように思えた。突然起こる拍手の嵐で、哲学的夢想から快楽的なジンガロに戻ってきた。

一九九八年九月、ほかの馬たちと一緒にボーイング七四七航空貨物機に搭乗し、ニューヨークへ向かう。一か月間、その黒い蹄は、フランスから持ってきたテントで『エクリプス』のエピローグを演じた。楽日まであと二週間を残すだけとなったある日、ジンガロは病に罹った。馬として病に罹り、馬であるがゆえに立ち続け、涙すら流さなかった。十月のある夜、とてものろい足取りで舞台に上がり、座ることを拒否した。バルタバスの目を真っ直ぐに見つめて、まるで何ごとかをささやいているようだった。もうそれはできない。

恨まないでくれ。僕なしで続けてくれ、と。ジンガロの目の中に、言い表すことのできない強い痛みだけでなく、自分の役柄を演じられない悔いが横切る。しくじったことの苦痛。その夜、『エクリプス』は未完であった。

バルタバスはニューヨーク公演を続ける。この最後の場面を省略せず、ジンガロの代役を立てることもしなかった。それぞれの馬はそれぞれの性格を持ち、長所や短所、癖や特性があるから取り替えられないし、個性の強い名馬の役柄を、劣った馬に代役をさせることは絶対にだめだと言い張った。俳優やダンサーや騎手たちが舞台の周りで輪を作る部分は残し、彼らがひとり、またひとりと、地面を引っ掻き、転がり、座り込んだ。しかし、舞台の中心には誰もいなかった。黒い影像は姿を消した。

ジンガロはニュージャージーにある大きな動物病院に運ばれた。診断は腸の大きな炎症ということだ。三メートルに渡って切開する。そして腹は縫い合わされた。このフリージアンはまだ若く、とても大きな心臓を持っている。ジンガロは耐えた。劇団が、フランスに帰国せざるを得ない日が来る。バルタバスは、彼の「甘えん坊の勇者」を撫でて、口づけし、愛情深い言葉をささやいた。馬は穏やかで、師は悲観的だった。

二か月間の回復期が過ぎ、バルタバスがニューヨークへ迎えに行く準備が整った日、電話が鳴る。ジンガロが亡くなったという知らせだった。バルタバスは悲嘆にくれた。人として悲嘆にくれ、人であるがゆえに座り込み、涙を流した。すべてを放り出したくなった。ジンガロはバルタバスの分身であり、過去であり、未来であった。バルタバスの最初の馬で、初恋の馬で、初めての赤ん坊であった。嫌なことがあれば、この不格好な大きな馬から慰めや癒しを得た。寒さを感じる時は暖かい馬の側に逃げ込んだ。前肢の間に丸くなり、筋肉質の胸に頭をもたせかけると、ジンガロの優しい唇は、小さな子どもに戻ってベルベットの揺りかごに丸まった名騎手の頭をなめてやったのだ。

「これで、私の人生の重要な一ページがめくられた」と、ある夜バルタバスは語った。トレーラーの中で、しっかりとした視線の「ジンガロ人」は、あぐら姿で腕を伸ばす。バルタバスの騎馬劇団は、逝ってしまったものの名前が付いている。だからこそ喪に服す代わりに、前に進むしかない。手始めに、これまで乗ってきた馬たちを、早めに引退させることを決意した。後退駆歩の名馬キホーテ、ルシタニア馬のヴィネグル、ハクニー馬のフェリックスにラトソ、それ以外にも数頭を引退させる。確かに疲れを感じ始めてはいたけれど、まだ十分舞台に立てる状態だった。しかし、これまでのサイクルを終わりにすることで、新しいサイクルを始め、新しい冒険への道を開かなくてはならない。

二〇〇〇年春、亡くなったものへの喪失感から『トリプティック』が生まれた。オーベルヴィリエで、初めてリハーサルを観た時に感じた衝撃を、忘れることは決してないだろう。立ちすくみ、動けなくなった。天井から馬の白い骸骨がぶら下がり、長い蜘蛛の巣の先で揺れている。頭、脚、樹脂の胸板が、戦いの後塵が舞う半ば闇の中で、ゆらんと揺れていた。この図で、ボージョンのギロチンを思い出してしまった。ジェリコーが致命的な落馬の後、絵を描くために、マルティール通りのアトリエに運ばせたギロチンのことを考えてしまった。同時に、マゼッパのことを考えた。セシル・ミュルスタンが作った石膏のレリーフ像は、美術的な解体の見本だろう。クラリネット奏者、アラン・ダミアンが、納骨堂の動揺した沈黙を破る。ピエール・ブーレーズのソロ曲『二重の影の対話』が、死者へのミサ曲の代わりとなる。

そしてダンサーが二人、この屍体解体作業所のような舞台に入って来た。二人はこの馬の亡霊たちの間を縫い、平然と立ち向かい、亡者のモビールを引いたり押したり。ジャン＝ルイ・ソーヴァは、工事現場のがれきの中から見つけてきたがらくたで、この不思議な像を作り上げた。最後のワルツで骸骨たちは、側にいる二人の騎手にその蹄を差し出す。混乱の中に深い恩恵と人間性がたっぷりあった。

この木造の騎馬テントからいなくなった神馬を懐かしむ想いを、崇拝し情熱を傾けているこの独立した場所で、ここまで強烈に押し出したことは決してなかった。無機質な影像が、これほど血や筋肉の塊の代わりとなり、黒い騎手の手によって傑作となることは決してなかった。

『二重の影の対話』は、確かに十五分しか続かない。それは『トリプティック』にとって、確かに一部分でしかない。前後に『春の祭典』と『詩編交響曲』があり、颯爽としたルシタニア馬が舞台のトラックを全速力で駆歩したけれど、秘められた哀しみはどうしようもなく重たかった。さらに、最後の署名代わりの短いピアッフェ以外、バルタバスは舞台に出なかった。バルタバス本人は認めないかもしれないが、ブーレーズの音楽を中心とした作品は、ジンガロへの哀しい別れの言葉と読める。愛し、その背に乗り、たくさんの願いを叶えてくれた馬たちがぐっすりと眠る納骨堂でのパ・ド・ドゥーで、言い尽くせぬ感謝を捧げる。今では、劇団を引退し離れた馬たちは、パリ近郊のイル・ドゥ・フランスの草原で、甘い草を穏やかに食んでいる。ジンガロ騎馬劇団の十六年を終え、降り注ぐ日中の陽光だけを照明に、頭上で揺れている木々を観客とする、新しい日々が始まっている。『トリプティック』を観て、やはりこの男は信頼できると確信した。バルタバスは休むことなく自問し、新しいものを試し、観客を未知の国へと導く。新しい形や、例のない組み合せに恐れず挑戦し、成果の出たものの反復を拒否し、決して過去に立ち戻らない。ジンガロの死はバルタバスに、知らないうちに変化した自己を理解させた。バロック的な奇怪さや騒々しさ、輝くシャンデリアや燕尾服の執事に囲まれたパーティなどが好きだった男が、今では内面的な不可視のものを好むようになった。「ときどき、僧侶になったような気がする」と言った。トレーラーで、私が夢に描いている作品のことを話した。それは、バルタバスと一頭の馬だけしか出ない舞台だ。もうひとつの『二重の影の対話』。今度は、騎馬隊も、二頭の馬の上に立つことも、馬上のアクロバットもなく、ダンサーも戦士もおらず、交響楽団や叫び声もないのはどうだろう。ソロの騎馬のみ。瞑想と空中浮遊がある。バルタバスも、同じことを考えていると答えた。「その場合は、馬はサラブレッドだろうな。音楽は録音したものでいいから、異なった言葉の国から、それぞれの偉大な作曲家の曲を選んで、音楽の言葉を馬の言葉とするのがいいだろうな」。

別れを告げた後、ベートーベンがベッティーナに送った言葉が、私の心に蘇った。「音楽は、賢人や哲学者よりも尊い天啓なのだ」。音楽の言葉と言い換えれば、バルタバスの言ったことと、ちょうどよい韻を踏む。

春の祭典へのレクイエム

外見は人を欺く。人は彼をほら吹きだと思っている。しかし、本人は自分が定めた高い理想に到達できないことをいつでも恐れ、それ以上に、賭けに出て、勝ったとしても喜ばず、まだ遅れていると考える。成功を、失敗と同じように悩みの種にする。満足した顔を見たことが一度もない。ただ、動き続けなければ、その性急な身体は落ち着かず、不十分だと感じてしまう。バルタバスはスタンダールの主人公と同じく、急ぐことに追われ、幸運があれば飛びつき、我を忘れて働き、前に進むことで向上する。

『トリプティック』がそのことを証明した。スペインの高貴なごろつきで、嘲笑う戦士キホーテは駆歩で遠くへ行ってしまった。ほかにも、影の中に姿は見えない馬たちがひっそり隠れている。厳密な作品であって、感情的な作品ではない。バルタバスは、魂の置き場となる馬が見つからないので、二〇〇〇年は、妥協のない演出家で要求の多い振付家に徹することにした。

いつものように、すべては音楽から始まる。音楽の持っている観念、色合いや共鳴、その奥行きの深さを分析することが創作の始まりとなる。『春の祭典』を手にした。バレエ作品として「ロシアの異教徒画」の副題で、一九一三年パリで初演され、ストラヴィンスキーの大傑作となった。この曲に「洗練された野蛮さ」を見出した（コクトーはこの音楽に、巻き毛の髭で飾られたゼウスの顔を見た）。譜面の端々から、ロシアの古代文化が復活し、シャーマニズムの起源が現れているとバルタバスは感じた。対照的なシューベルトやモーツァルトなどは、紋切り型なイメージで、馬術の歴史のごく限られた時代を喚起させる。優雅さを持って再現される伝統的な芸術を、さほど信用していない。馬と人間の関わりは人類の根源にまで遡るので、かけ離れた文化や時代の音楽が必要だと考えている。『春の祭典』についてニジンスキーは、どんなダンサーであってもこのリズムを持続させることはできないだろう、と語っている（後年、新しい振付をしたピナ・バウシュによって杞憂であったことが証明された）。ダンサーに無理と思われるリズムは、作曲家のあずかり知らぬところではあるが、馬たちのためのものである。そしてもうひとつは、異教徒の祭典への神聖な音楽と対比する『詩編交響曲』を選んだ。

だが、これまでと大きく異なる点があった。『トリプティック』以前の作品では、ラジャスタンや韓国から楽士がやって来て、アクロバット騎乗の伴奏をしたので、たとえ歩調のテンポが変わっても、演奏をそれに合わせて、馬たちの自由を束縛しなかった。だが今回はそうはいかない。徹底的に細部まで正確さが要求される。三十三分の『春の祭典』と、二十五分の『詩編交響曲』に、即興が入り込む余地はまったく無い。小さなねずみではない馬たちの、予見できない動きは魅力であるけれど、反対にひとつ一つの音符に従わせるのはたやすくない。バルタバスは生まれて初めて、コルセットを身につけた気分になった。何ひとつ偶然に任せるわけにはいかない。ちょっとした落馬、馬同士の間隔の開きや遅れで、計算し尽くした繊細な構成が崩壊する。バルタバスは、最後の魔法のような場面で、黒い長いドレスを着て、オリゾンテに乗り、鐘の音に合わせてピアッフェを見せただけだ。それ以外では時間や距離を計算して調整し、ミリ単位の動きができる新しい騎馬隊の訓練に没頭する。

新しい騎馬隊は、七頭の赤みがかった鹿毛のスペイン馬が『春の祭典』のために、七頭のクリーム色のルシタニア馬が『詩編交響曲』のために選ばれた。訓練を始めて間もない二歳馬で、イベリア半島の馬らしく熱い気性で、ちょっと無分別なところがあり、驚かされることが多い。バルタバスはこの馬たちを、まるでオペラ座のバレエ・ダンサーのように、ストラヴィンスキーの伝説のバレエに馴れさせた。それにしても、この馬たちはディアギレフ、バランシン、バビレ、ニジンスキー、リファール、バリシニコフ、ヌレエフなどの名で呼ばれ、その結果は目を見張るものとなった。演技をしていない時でさえ、この馬たちは譜面に沿っているのか、演奏しているのか、身についた音楽に従っているように見える。

そしてひとつの対比を作る。馬と一緒に生きる者と、馬なしで生きる者の対比を作り、彼は仲介役の闇の審判となる。神を信じる者と、神の存在を信じない者の対比を見せるため、バルタバスは、「蛇の地」ケララから七人のインド人を呼び寄せた。彼らはカラリパヤットという、高い精神性を鍛える、とても古い武道の達人であった。このインド人たちは、これまで馬を見たことが一度もなかった。『エクリプス』のダンサーは馬の鞍に乗ったけれど、今回は乗馬の手ほどきをするつもりはなかった。たとえ棒やサーベルを持っていなくても、彼らドラビダ人は、ウスマン・ソウの土像のような戦士の身体を持っているから、独自の身体言語や爬虫類のような動きの蜘蛛の戦法は、そのままのほうがよいと判断した。アクロバットで身をかわす戦士たちは、そのまま驚くほど素晴らしいダンサーとなる。人間が初めてウマ属の動物と出会った時代を思わせるだろう。互いに相手を嗅ぎつけて、そして永遠の仲間になった。「時々、馬の目の中に人間離れした美しさ、人間が現れる以前の世界の美しさを見る」と、バルタバスは鬱に襲われるたびに語った。

シエナの土とレンガの赤砂でできた凸状の舞台の上にいる、ゴムのように柔軟で粘性のある小柄な男たちの目の前に、突然、巨大な馬たちが現れる。両者の関係は恐れと誘惑が混ざり合い、どちらからともなく近づいては離れ、馴れ親しんでは他人行儀になり、引かれ合いつつ対立する。人間狩りは、馬狩りへと変わっていく。乱暴で、素早く、野性的で熱狂的な、原始地球の恐ろしい美しさがあった。一九二七年に「春の祭典」の公演を観たダリウス・ミローは書いた。「すごい衝撃。鮮やかで、突然訪れた恩恵のような目覚め。原始的な力がついに発見され、強烈な一発を放って均衡が蘇った」。同じ感動がより大きくなって、ジンガロによる新たなストラヴィンスキーが蘇った。

衣装担当のマリーロが「絹の祭典」と美しい例えをした『詩編交響曲』は、『春の祭典』の対極で、思いやりと平和を取り戻す演出となる。中世風のタフタのドレスの上に長い髪を垂らした六名の女性騎手と、彼女たちが騎乗する明るいルシタニア馬の間に、神聖な信頼関係があることを見せつけた。ここでは、地面を這うことなど考えられない。舞台は馬たちの王国、彼らだけの国となる。馬たちは、肩を露にした水の精オンディーヌたちを、雷鳴とどろく祭典から連れ出して、人々が戦い、騙し合い、怯えている世界へと連れて行く。舞台の上、空中では天使が踊る。頭を下に白い布で吊られ、さかさまになって、この妖精たちの騎馬パレードによる仮面舞踏会を眺めている。

ジンガロの初期、バルタバスはベラスケスをよく引用していた。ベラスケスはその晩年、はっきりとしたモデルやオブジェを描くことはなく、人とオブジェの中間にあるものを描いた。「それが、劇場という空間で作りたいものなんだ」と、この画家の話になるたびに言い添えていた。そして、その願いを達成した。『シメール』では雰囲気で、『エクリプス』ではイメージで、『トリプティック』ではエネルギーで。

ストラヴィンスキーの二作品の間に、ピエール・ブーレーズが作曲した短いソロの『二重の影の対話』を、クラリネット奏者アラン・ダミアンが演奏する。哀しみを誘う追悼の音楽に、ベジャール・バレエ団にいた二人のダンサー、アヌーク・ティソとフリオ・アロザレナが加わり、天井から吊されたジャン＝ルイ・ソーヴァ作の馬の骸骨の彫刻と一緒に、死の舞踊を繰り広げる。馬もバルタバスもいないシーンだ。この馬王国での死。ジンガロ劇場で、初めて背筋がぞっとした。

バルタバスのスペクタクルが、創作された時代の反映であると考えるならば、『トリプティック』は確かに新千年紀の幕開けの象徴といえる。四十三歳になったこの名騎手は、自分への疑いや忘れたはずの後悔、答えのない欲求を、変えようのない楽譜の規則に合わせ、それまでの熱狂的な作品としてではなく、厳格な文法をもった作品としてレパートリーに加えた。「この作品で、ここにいない馬のことを語ろうと思っている。いなくなった馬のこと、まだ出会っていない馬のことを」とリハーサルのあとでバルタバスは語った。「今、自分は転換期にいて、これまでやってきたことはすべて終わり、これからやるべきことはまだ知らない」。ジンガロが逝ってしまい、トップにいた馬たちを引退させたあとであり、ヴェルサイユに馬術学校の復活を想像することもなく、『ルンタ』のためのチベットへの旅はもっと先のことだった。この時、バルタバスは馬のように馬銜を噛まされ、手綱を締めてもらう必要があると感じた。だから、能や文楽に傾倒している七十五歳のピエール・ブーレーズに、オーケストラの指揮を依頼したことは、偶然ではなかった。ジンガロの主人はその権限を、国立音楽音響調整研究所イルカムの主人に委任する。自分自身を他者の統治のもとに置く。そして、指揮者の指揮棒を見つめ、それに従う。自分よりも、強情で高圧的で短気な指揮者を見つけた。

『トリプティック』の公演は、オーベルヴィリエでもツアーでも、クリーブランド交響楽団とベルリン・フィルハーモニー管弦楽団が演奏した録音テープを用いた。しかし、ヴィルパントで特別公演として三回だけ、ブーレーズ本人の指揮で生演奏を行った。ただし、指揮棒を持たずに乗馬をするように手だけで、一二〇名のパリ交響楽団と一六〇名のコーラスを指揮した。このうえなく素晴らしい舞台となった。インド人は自由な馬たちの真ん中で、火のように赤い地を這い、ホルンやフルートがきらきらと光を反射する。演奏者、動物、ダンサーそして騎手が完全にひとつになっているように思えた。それは祭典へのレクイエムとなった。

その名はカスカベル

明るい青い目にピンク色の頬を持ち、赤毛で、ちょっと恥ずかしがり屋で、とても繊細なフランス北部出身の女性だ。とても優しい話し方をする。柔和な中に乗り越えてきた歳月の苦悩があり、謙虚さの中に子どもっぽさがある。笑顔は、小さな劇場でチェーホフを演じる美しくけだるい女優の微笑みで、決して声を荒げることはない。緋色か秋色のインド風の服装を好んで身につけている。彼女が歩くと、まるで滑っているように見える。

ブリジット・マルティは目立つことを好まず、自分の居場所はケンタウルスの影の中にあり、それもほとんど透明なほど控え目なものであると決めている。バルタバスを賛美する人たちは、この男が結婚しており、そのうえ二人の大きな息子、マノロとユーゴの父親であるとは考えもしないだろうから、彼の伝説の邪魔にならないように、偶像が持っているイメージを壊さないように気遣っている。言ってみれば、大衆から愛されている男と、運命で結ばれているのだ。

ある日、彼女はそっと逃げ出した。『トリプティック』やヴェルサイユの馬術学校に、若い女性たちがいる。だが、ブリジットはいない。

ブリジットを最後に見たのは『シメール』だった。それ以前は、長い髪を編んで、『騎馬キャバレー』シリーズの全作品に出演して、見事なタップダンスを踊った。その官能的で暖かい存在感は、映画『ジェリコー・マゼッパ伝説』を彩っていた。儀式を執り仕切る主人の妻というだけでなく、彼女自身が登場人物で、男たちの世界に曲線的な柔らかい人間味を与えていた。そして、人は彼女をカスカベルと呼んだ。

トゥーケの浜辺の近くで、教師の家庭に生まれた。リールで文学を学んだのち、パリに出て、演劇学校やスタジオに通うようになる。ある書店の入口で、テアトル・アンポルテのポスターを偶然見かける。応募して、契約し、ダンスやマイム、打楽器の演奏を習い、パレードで街を廻り、『アルケミスト』に出演し、そこで、将来バルタバスとなる男に出会う。初めて彼に出会ったとき、彼のどこに引かれたのかをブリジットに訊ねた。それは彼のエネルギーよ、と彼女は返した。信じられないほど大きなエネルギーを持っていた。そして、動物的な直感も持っていた。強い信念があって、山すら持ち上げてしまいそうだった。生まれつき即興演技の才に恵まれていた。ブリジットは遠い記憶を辿って言葉を探し、より詳しく話してくれる。舞台の上では、演技を長く続かせる天才だったという。幕間劇を演じた時に、待ち続けている観客のことを無視して、時間を止め、空間を独り占めして、黙ったままで動きを分解していく。靴の紐を結んで、またひとつ結ぶという動作を、とてもゆっくりと、演技として真似ているだけなのに、本当にそのこと自体があるような錯覚を覚えるまで続けて、舞台を去った。その時すでに、彼の時間は私たちの時間とは異なっていて、自分で時間を作り出していた。映画でも、クローズアップや、馬の動きのスローモーションで、時間を変えていた。

　ブリジットがバルタバスに出会った時、彼は息子たちの現在の年齢であった。息子たちは父親に似ている。ブリジットは、この大きな少年たちを茫然と眺めてしまう。自分たちが同じ年齢の頃は、狂乱の時代であった。テアトル・アンポルテとその放浪巡業を思い出す。アリグル・サーカスは行く先々で、暴力沙汰や反抗的な態度で恐れられた。受付小屋を手伝った時のことを思い出す。入場料を払ったお客さんが建て付けの悪い小屋に頭をぶつけ、「やっぱり、こんなもんだ」と毒づいた。アリグル・サーカスは本当に不安定な生業だった。その後、ジンガロがスペインの街道で生まれる。空き地から空き地へと動きまわる苦しく不安定な中での、少々乱暴な誕生だった。ブリジットは大型車の運転免許を取得して、キャンピングカーを運転し、お金を勘定し、踊って、パーカッションを演奏した。イゴール、ブランロ、ニグローそしてバルタバスがいた。劇団というほどのものでもなかった。どちらかと言えば、一緒にいることの楽しさで結ばれた一団であった。

　夫が彼女を馬の上に乗せた。乗馬を習うのはひと苦労だった。動物は好きだが、その強い力を恐れている。この恐怖を消し去ることは決してできなかった。最後の公演になった『シメール』では、素晴らしい騎乗を見せていたが、全速力で駆ければ落馬が心配で、馬の上にいるということだけで恐かった。馬に乗って喜びを味わったのは、まれに自分の恐怖心を抑えることができ、穏やかな気持ちになれた時だけだった。馬術の入り口にいても、バルタバスの妻は、馬は人を乗せるものではないと考えている。ブリジットは言う。「とっても確かなことだけれど、馬に乗るバルタバスに惹かれたわけではないの。感動はしたわ。たぶんね。でも、それで誘惑はされなかった」。

遊んだり、踊ったり、柵の後ろでおならをしたりと気ままにしている馬のほうが気に入っている。馬房にいる馬たちを撫で、身を寄せて暖まることは好きだけれども、馬の動きを抑制し、歩調を制御するのは我慢ができなかった。金属の馬銜を口に噛ませて、鼻革で締めるだけでも、彼女には過酷な仕事であり、鞍を置けば、気が重くなる。腹帯をつければ、傷つけることを心配する。意識して馬を怒ることは、無意味な罰に思えた。科学的理論で自然な馬を制する、という考えを受け入れられなかった。そして訓練が終わり、乗り手が上達したことを喜んで馬が鼻を鳴らしたり、堂々とした揺れる背を足の間に感じることを、ブリジットは乗馬の特権と思わなかった。乗馬をする者が感じるこの幸福を彼女は理解できない。そして、馬の首をさするときの興奮もわからないという。『ジェリコー・マゼッパ伝説』でフランコーニは、「結局は、情熱的な肉体の交わりだ」と語った。馬との調和を見つけ、それを内面の安らぎのリズムとし、舞台上で表現するバルタバスを、彼女は羨ましく思っている。

一九九六年、あえて劇団から消える決心をする。ブリジットは自分の時間を、すべてジンガロのために使ってきた。限界に達していた。もう、馬と闘いたくない。そして、伴侶であり同時に芸術家である男に、すべてを吸い取られることを恐れていた。すべてを創作に捧げている者と一緒にいるには、どうすればよいのか悩んだ。同時に、子どもたちのことが心配であった。大忙しの騎馬劇団のせいで放っておかれ、大きな野心の犠牲になっている息子たち。ある時、突然、舞台衣装を着ているこの自分がいったい何者なのかわからなくなり、うろたえ、自分を見失った。重要な選択である。耐え難い苦痛。「耐え難い」という言葉を何度も使う。ジンガロ劇団を辞める、しかしトレーラーには住む。舞台とは切れる、だがオーベルヴィリエにある柵に囲まれた村で暮らす。自分の選択で引退を決めたものの、ここ以外に生活の場はない。とはいえ、教会が無神論者を排除するように、この村に舞台から下りた者の居場所はない。二〇年間、バルタバスとジンガロのためだけに生きてきたブリジットにとって、それに代わるだけの価値を他に見つけられるだろうか。

インドがブリジットを救い、生き返らせた。『シメール』で共演したラジャスタンの楽士たちに親近感を覚え、彼らの導きを得た。サンスクリット語を習った。ひとりでタール砂漠へ旅立った。その広大な国を端から端まで横断した。その旅はなにより、「状態を意識する」旅であったと言う。彼の地で克ちえた落ち着きをフランスへ持ち帰り、長く顧みなかった生まれ故郷の北の街へ戻った。道はとても遠くて、トゥーケへ戻るのに、デリーを経由しなくてはならなかった、と魅惑的な表現をした。ブリジットは、今では集合無意識の提唱者ユングの研究をしている。ユングは彼女の味方となった。「旅の同行者で、長兄。賢人で、学者で、予言者」とフェリーニが手紙に書いたことと同様だ。『変容の象徴』は、枕元から離れることがなくなった。何年もの研究を経て、フランス心理分析研究所に入学した。ジンガロのマクロ社会を観察し、自分は、この場所の灯火が消えないように保ち、劇団のみんなにとっての優しく賢明な母なる者の象徴であり、バルタバスがひとりにならないために創った世界は、オーベルヴィリエの野営地の原型である、と分析する。

時おり、ブリジットはバルタバスのことを、傷ついた大きな子どものように話す。栄光の陰に傷口が開いている。自分自身にそれほどの犠牲を強いる、抑えがたい衝動の暗い根源を知ろうとせず、現実から離れようとする際に、身体がどう機能するのかも気にしない。なにゆえに自分が男であり女、オーベルヴィリエのジプシーであり、ヴェルサイユの王子でいられるのか、そうしたことを考えたがらない。前に進むために、そしてなにより倒れないために、こうした分析を自分に課すことを拒絶しているので、ブリジットがその役目を担っている。表舞台に立っていない時の偉大な人物を支え、必要と思われる、たとえばフェルナンド・ペソアなどの本を勧めて、彼の欲求が満たされるように力づけている。彼女の話を聞きながら、私は「ル・シッド」の大スター、ジェラール・フィリップの影にいた、中国で育ち不安に怯まなかったアンヌ・フィリップを思い出した。苦悩と栄光を知っているこの二人の女性は内省と予見に優れ、ジャン・ヴィラールの言葉を借りれば、「女性舞台監督」のようだ。

『ユング自伝』から素敵な文章をブリジットは教えてくれた。「病後にはじめて、私は自分の運命を肯定することがいかに大切かわかった。このようにして私は、どんなに不可解なことが起こっても、それを拒むことのない自我を鍛えた。つまりそれは、真実に耐える自我であって、それは世界や運命と比べても遜色がない。かくして、敗北をも勝利と体験する。内的にも外的にも、かき乱すものはなにもない。それは自己の持続性が、生命や時間の流れに耐えているからである。しかしこれらはただ、運命の計らいに、出すぎた干渉をしないときにのみ流れ去ってゆくのだ」[*1]。

ブリジットは、バルタバスのために「魅惑」という催眠的で卑屈な単語を使わないでおこうと思うけれど、それがなかなかできない。天上と地上を結びつける稀な男への、変わることのない驚きを表す真摯な言葉を見つけ、その男が好戦的な馬であっても恐れず、彼のためにしっかりとした考えを持ちたいと思っている。ブリジットの目の中に、今でもカスカベルの輝きが光っていた。

訳注

*1　引用は『ユング自伝』ヤッフェ編、河合隼雄、藤縄昭、出井淑子訳（みすず書房）による。

マルテックス修道院

インドシルクのシャツを着て、銀のブレスレットを着け、長い灰色の髪をリボンで高く結っている。冬でなければ、革ひものサンダル姿だ。その荒れた手は、針や、ハサミや、アイロンを使っている手である。その青い目は、旅をしてきた目である。その顔つきは、母の顔である。たぶん菜食主義だろう。

穴ぐらのような彼女の衣装アトリエは、ノミの市なみに古着であふれ、アリババが宝を隠した洞窟と同じ、宝のつまった小屋で、その小さな窓から小さな世界を見守り、安心感を与えている。劇場の入り口の守護神だろうか。

マリー＝ローランス・シャクムンド、通称マリーロは衣装担当者である。彼女が夢に衣装を着せ、世界中からさまざまな色を集め、騎手たちに奇妙な格好をさせ、馬着もデザインし、想像を現実に変えている。そして、バルタバスのアシスタント、パトリシア・ロペスがデザインする驚きのグリーティング・カードを、毎年、年末に合わせて作っているのもマリーロだ。友情の歳月を語ってくれるこれまでのカードを私は大事にしまっている。深紅のベルベットの小袋に、馬が踏んだ砂がひとつかみ入っていたのは二〇〇一年。二〇〇二年は、長方形の皮の上に金色で刻まれた、ヴァイオリンを奏でながらギャロップするケンタウロスで、これはジンガロのシャガール風ロゴマークとなった。二〇〇三年のカードでは、バルタバスがひとり、ギュートの僧侶たちの黄色と赤の大波の中に飲み込まれている。白い絹の祈りの旗が二〇〇四年の幕開けを告げ、ちょっとした空気の動きで旗が揺れて踊りだす。

一九九一年に契約をして以来、マリーロは今でもここにいることに驚いている。しかし、合意のうえでこの場にいるのだと、運命を知り尽くした笑みを浮かべ、ほかに生きられるところを知らないからと付け加える。自分だけでなく、ここに集まっている者は多かれ少なかれ、ほかでの仕事に向いてはいなさそうだ、とマリーロは思っている。ジンガロのことを劇団とは呼ばず、共同体と呼ぶ。元をただせば自然志向の反体制活動家であり、考えを偽らないだけでなく、信念を貫いている。馬を中心とした共同体と、大都市の境に作られた柵によって、ユートピアが現実の中に存在し、協同組合的生活が資本主義の生活から守られ、失われた楽園が消費社会から分離されていると感じている。オーベルヴィリエで、ジャン・ジョレス大通りに沿って柵を延ばし、七〇年代のセヴェンヌ地方を再現したいと考えている。セヴェンヌでは無農薬野菜を栽培し、天然の皮革から服を作り、メイクアップのアトリエを開き、ラルザック軍事基地の拡張反対運動に参加していた。また、ヴィルヘルム・ライヒ、ヘルベルト・マルクーゼ、デイヴィッド・クーパーなどを読み、フリースクールを建てるために尽力し、作業療法士として働いていた精神病院の患者たちを街に戻す活動に参加した。時おり、娘のエヴァがセヴェンヌにやって来た。エヴァはパリ・オペラ座バレエ学校や、アニー・フラテリーニのサーカス学校へ通ったのち、ジンガロに入り、『騎馬キャバレー』に出演し、『騎馬オペラ』ではペルシュロン馬のラスプーチンに乗った。山の中で暮らしている母を訪ねては、舞台衣装を頼むと、マリーロはすぐに作ってやっていた。エヴァを通して、マリーロはバルタバスを知った。ある時バルタバスは、今度はマリーロに、この放浪の祝祭劇団に合流したらどうかと尋ねる。若い家長は自分のテントの下に、母親と娘を一緒に受け入れる考えが気に入った。衣装を着せる者と衣装を着る者。色をつける者と色をつけられる者。大きな家族になる。

夢を失していた衣装担当者は、オーベルヴィリエで教祖を見つけた。「すぐにバルタバスの魅力にまいったわ」と当時のことを思い出す。「内容のない無駄なおしゃべりなんかしない人で、すぐに本質を話す人よ。それに、私は反体制活動をしていたから、情熱を持って生きていれば、生活と仕事に区別はなく、ひとつだという彼の考えはよくわかるし、同意見よ。ここではいろいろな問題があって、いつも大急ぎだし、予算が足りなかったりするけれど、プレッシャーを感じることは全然なくて、いつも楽しんでいるわ」。公演の前には、旅行ガイドや専門書でスーツケースがいっぱいになる。バルタバスの発想を具体的な形にするのが自分の役割だと言う。着想を与えてくれる国へバルタバスと一緒に出かけ、さまざまな色の布や変わった材料を広く集め、その国を象徴するものや感動を持ち帰る。思い切った組み合わせや、奇抜になることを恐れないところも座長の趣味に合う。たとえば、『エクリプス』でバルタバスが身につけた巨大なシルクのドレスは、扇状に広がり、舞台全体を被い尽くした。『エクリプス』は彼女の最大の挑戦で、なにより気に入っている。白と黒の繊細な変化、宙に舞うチュール、大きな扇、夜に降る無音の雪……。

ジンガロにすべてを捧げる決心をしてから十三年が経ち、この場所でアウトサイダーのもっとも創造的な形を見つけた。閉じた空間にいることで、より広く物事が見え、現代社会の問題を厳しく批判できる。反逆者マリーロは何ひとつ後悔していないはずだけれど、劇団の聖具ともいえる衣装部屋から外を見るその視線は、時として、オーベルヴィリエの低い曇り空に向けられる。選んだ家族のために、本来の家族を失った。娘のエヴァ・シャクムンドは、現在では、アクロバット芸人のステファン・レーネと、新しいカンパニー、サラム・トト・馬と冒険シアターを立ち上げた。バルタバスのもとで学んだことを、今では『ペンテジレーア幻想組曲』といった作品に転用している。アルジェリア女性の歌声に合わせて、女性騎手、馬六頭、戦士アキレウス、牝ロバ一頭、それに二体のマリオネットなどが登場する。

「ジンガロを離れるなんて、死ぬのと一緒だ」とバルタバスがある日、唇を噛みながら言い放った。彼はどんな人でもクビにしたことがないので、辞めていく人を許せない。遠ざかっていく人を裏切り者と考える。ある意味、背教だ。保護している者たちに、できる限りのものを与えるが、その分、要求も多い。何人かは挫折したあげくオーベルヴィリエへやって来たことを忘れてしまう。なんらかの悲劇を経験し、絶望し、孤独であった。さまようことに疲れ果てていた。そして、夢を持つことを諦めていた。この劇場は大都市のちょっと外にあり、彼らにとって避難所となった。しかし、この自立した場所で、厳しい現実からは保護されるが、集団と運命をともにして、この大家族の家長に自分の将来を預ける生活が、いつかしら苦痛になることもある。

劇団に入ることは、その資格を得たものにとって、自分のすべてを捧げる誓願を立てることにほかならない。多くの場合、それまでと社会的立場も変わる。芸名を得ることが宣誓となる。木造の鐘楼を取り巻くトレーラーに移り住めば、結婚の契約に署名したこととなる。放棄と信仰と静寂の規則は、修道院の規律を連想させる。この修道院で、誰からもマルテックスと呼ばれるバルタバスは、尊敬される一徹な修道院長である。

院長の信条は、野心は必要だが、自己主張はいらない。キャリアを積むことが目的ならば、入信させない。ジャン・ヴィラールが若い女優宛の手紙にこう書いている。「劇団に入り、何か役をもらい、有名になる。それは最悪の毒された道である。幸福はもっと簡単なもので、地獄の道のりの先にあるものではない。キャリアとは最悪の奴隷制度であり、自ら進んで隷属に屈する鎖である」。コメディ・フランセーズやアリアーヌ・ムヌーシュキンのところでは、少しでも有名になろうと、役者たちは笑顔の裏でひじ鉄をくり出して闘っている。それに反してジンガロでは、馬なしで人はありえず、薄明かりのテントの中で、全員が偉大な院長の影と一体になり、その院長も仮面の後ろに隠れて、アイデンティティを捨て何者でもなくなろうしている（バルタバスは、ちょっと会っただけの人からは「ムッシュー・ジンガロ」と呼ばれる。「ムッシュー・マルティ」と声をかけるのは、警察か両親の友人だけだ）。

入信の見返りに、騎手たちは新しい冒険に挑み、気づかずにいた才能を見いだす機会を与えられる。不世出の騎手バルタバスが天才と言われるのは、例え二重の馬銜を着けられた馬でも、彼が乗ることで自由に自らを表現させ、少なくとも個性を引き出す術を知っているからだ。騎手やダンサーに対しても、馬と同じで、それぞれの個性を引き出すことを主眼としている。生まれつきの性質をまず探る。例えば後退駆歩は、馬のジンガロが自発的に始めたものを完成させた。「目標を明確に定めれば、できるようになる」。彼の原則に例外はなく、それはすべて馬術の法則の一覧に含まれている。押しつけずに誘導する。「これこれをせねばならぬ」ではなく、「ほら、こんな感じだよ」。もしくは、「ほら、こんなに楽しいよ」である。

オーディションをしたことはない。履歴書を要求したこともない。何度も面会を求めると、いっそう頑なに拒む。いつも本能で選ぶ。美辞麗句は耳に入らない。しかし、夢の世界を知っている騎手の心の声に耳を貸し、心の音楽を聞く。有能さを示すデータを警戒する。馬場馬術の騎乗者資格のレベル七とか八を持っているとか、フランス馬術連盟の指導員の資格とか、セント・ジョージ・クラスの競技会に出場する資格を振りかざす、高慢な応募者には興味がない。この国の創造主は教え好きだから、すでに仕込まれた職人を嫌う。古くさい見習い奉公制度のほうが役立つと信じている。この親方は、『霧の波止場』でジャン・ギャバンが演じた、とつとつと話す職人を思わせる。

そして、年齢とともに、自分より二〇歳は若い騎手を雇わなくてはならず、自分が孤立するように感じ、偶像化されることが心配になる。親しみを込めて、昔からずっといる騎手たちの名前を並べる。エティエンヌ、ロール、レティシア、マニュー、メサウド。頑固なまでに忠実な者たちがいる。しかし、長くいるからよいとも限らない。新人のひとりを嬉しそうに誉める。ソレンヌ・エンリックは『ルンタ』の優美な白い騎手で、ガチョウたちを滑稽な天国へ導いている。彼女には素晴らしい未来が待っているだろう。

ジンガロ劇団は有限会社で、六〇名の従業員を雇用し、騎手も技術者も制作担当者も全員が平等である。バルタバスは分け隔てなく、自分も同列にし、馬の世話をしている。彼の考える理想の集団とは、多様の個性が集まり、互いに補い合う集団である。変化がなくなり、気力が低下し、一体感が失われると、ツアー公演の回数を増やして、いつもと違う景色を見せに連れ出す。実際、騎手たちが馬に似ていることを承知しているので、なんでも要求するけれど、機械的な生活で気分を害することは避けているのだ。馬をよい状態に保つこと、終演後、疲れ果て、汗まみれになった馬をそのままにしておかないことは、騎手たちに命じてある。いずれにしても、騎手より馬への褒美のほうが大きい。内気で不器用で強がりなだけでなく、わざとそうしている部分もある。バルタバスは、人間を誉めることを知らない。仕事場の人間関係に、情緒的なものを持ち込まないようにしている。何もわかっていない振りをしている。何人かはそんな態度を苦々しく思い、感謝の言葉を待ちこがれている。マリーロは少し考えてから、その問いに答えた。「私だって、たまにはバルタバスから、どれほど私の作る衣装を気に入っているか、それがどうしてなのか聞いてみたくなるわ。でも、そんなつきあいを始めてたら、きりがなくなっちゃうわ」。

騎手のメサウド・ジガンヌは三十二歳で、ドレッドヘアーに、ジンガロのマークがプリントされているTシャツ姿だ。自我の問題はない。誉め言葉をもらいたいとも、名声を得たいとも考えていない。この馬の共同体に属していることだけで、十分に満足している。劇団に入ってから、自分は作られたのだと言う。モロッコ南部の山中で生まれ、木工職人になるよう定められていたが、バルタバスのビデオを何度も繰り返し見ながら、叫んでいた。「すっごいよ、こいつ、天才だ!」。一九九六年に、オーベルヴィリエの門をそっと叩き、雇ってもらい、その直後には、以前から住んでいる我が家に戻ったような気分になった。彼の心は今でも放浪のトゥアレグ族のままである。地中海を越えて、ちょっと物が入れ替わっただけだ。テントがトレーラーになり、ロバが馬になり、親兄弟がジンガロの家族になっただけだ。鷲のような目をしたボスに選ばれたことで、「挑戦しながら、自分を育てられる」と考えている。望みを叶えた天使の笑顔を浮かべて、「バルタバスから、作品の意味を説明するための演技を頼まれたことは一切ない。だから、たとえ仮面をかぶっていても、僕たち騎手は自分自身を見せている」。

マニュエル・ビガルネ、通称マニューは、十四年オーベルヴィリエにいる。少年を思わせる細い筋肉質な身体で、わんぱく小僧のような柔軟さを持ち、危険な前転宙返りができる最後の曲馬師である。メサウドより現実的、いやメサウドほど理想家ではない。劇団での生活は、特に日中は、本当に孤独を感じている。「みんな一緒に暮らしているけれど、ほとんど話もしないよ。ジンガロの本当の音は静寂だ。胸を締めつけられているように感じることもある」。何人かは、たとえば彼のパートナーだったベルナール・カンタルなどは、それに耐えきれなくなった。そして出ていき、信仰に統治されていない世界を見つけた。マニューは持ちこたえている。ブルゴーニュ出身で、遠くハンガリーの祖先の血を引き継いでいる。シャロン・シュール・マルヌの国立サーカス学校で学び、『星の舞台』の白い道化師だったフランチェスコ・カロリに師事した。この師は親のようであり、感謝し尽くすことがない。そしてジンガロは、アクロバットの真髄を表現できる唯一の場所だという。アクロバットは体操やスポーツの技術の最高峰であり、詩や瞑想の魔法の国でもある。「マニューの感性が花開いている」とバルタバスが称賛していたことをトレーラーの居間で伝えると、彼は私を見て、感動の面もちで言った。「それは、本当に嬉しいな。わかりますか、そういったことは一切言ってくれませんから」。そして、沈黙が野営地を包む。薄雲の昼十二時、馬たちがいななき、蹄を打ちつけて、昼飯を要求する。

明日の朝、またオーベルヴィリエを訪ねる時に、私は、ジャン・ヴィラールの洞察力あふれるテキストをバルタバスに渡そうと思った。感謝を示してほしい、感心してほしい、できれば評価もしてもらいたいと、毎日のようにねだっていた団員たちに宛てた一九六三年の手紙である。

「成功したあらゆる芸術家にとって、目に見えない危険とは自己満足ではないだろうか。確かに、不安や恐怖、噂を聞いての自己否定は芸術家を破壊する。しかし、自分のスタイルに安住し安心することも、同じようによくない。その意味で、この隠れた危険に陥り、偽の栄光を喜んで、生きたまま死ぬような状況から自らを救う方法は、劇団の中での集団作業であり、すべてを受け入れ、共同での創作に自らを捧げることである。そして、少なくともフランスにおいて『民衆』の名に値する、演劇の真の使命を果たすことである。演劇の偉大な時代とは、偉大な劇団が常時活動する時代である」。

チベット僧侶の妹

血圧が急に下がった。バルタバスのアシスタントのパトリシア・ロペスは疲労困憊していた。今では南フランスの強いアクセントも、おとなしくなって弾まない。はじける笑い声も、ほとんど聞こえない。彼女は変わってしまった。いつもなら活力に満ち、目立たずとも統率力を絶えまなく行使するエネルギーがなくなった。いつもは、劇場から事務所、トレーラーから厩舎まで、ジンガロのあらゆる場所に現れ、バルタバスの飛び去る影の中を走っている。ほとんど聖職者だ。すべてをジンガロに捧げ、一瞬たりとも仕事の手を休めず、いたる所に現れる。なすべきことがあまりに多く、彼女の役割は一言で説明できない。

すでに十二年間、この狂ったリズムで動いてきた小さな精密機械にも変調が生じた。小屋に隣接した古いバスの中で身体を休める。思いやりのある大きな微笑みをたたえたチベット僧侶が毎日パトリシアに、自分たちが準備したスープを運んできた。パトリシアのことを妹のように思っているのだ。チベット僧たちがオーベルヴィリエにやって来てからずっと彼らの面倒をみて、ツアー公演のためにさまざまな街を案内した。夏の太陽の下、地中海を見に連れて行った。ブルターニュでは、ケルゴナンの聖アンヌ大修道院まで案内し、ベネディクト会修道士のコミュニティに会えるよう手配した。英語で言葉を交わしながら、引き潮の浜辺を散歩する黒と赤の法衣の一団の間を、カモメたちが飛びかった。だからこそ、僧侶たちはパトリシアを看病し、喜ばせ、感謝の気持ちをその柔らかな声で伝える。彼らは夜になるのを待って、パイプオルガンの最低音と同じような荒々しい声を、喉から溢れ出させる。日中は、軽やかな鐘のような声だ。

パトリシアはチベット僧が大好きで、かつてラジャスタンから来た楽士や、韓国の歌手や、カラリパヤットのダンサーも、同じように大好きだった。祖国を離れて暮らすことを思うと、どうしても子どもの頃が懐かしく、勇気に満ちた父のことを思い出してしまう。トゥールーズ生まれで、両親はバスク人とスペイン人だった。父親は亡命者であった。アナーキズムに傾倒していた父は、祖国を離れたのち、フランスで建築業を営んだ。その父親が亡くなったのは、彼女が十四歳の時だった。今でも父を思い出すと泣いてしまう。

ダンスが、かつてパトリシアを救った。ダンスのためだけに生きていた。生き続けるために踊った。「がむしゃらだった」と付け加える。ジプシーになることを夢見ていた。夜、たき火の周りで、手に持ったカスタネットでリズムを取るジプシーになりたかった。二〇歳の時、あるカンパニーに入らないかと誘われる。それから別のカンパニーに移った。身軽で、自信に満ち、のんきだった。だが、ある日、理由もなく、先に続く時間が恐くなる。

プロのダンサーとして、歳を取りたくないと思う。辛いことだろうと思える。三〇歳を少し過ぎた時、すべてを棄てた。仕事も、カンパニーも、情熱も、舞台も棄ててしまい、踊りを続けるだけの勇気を持っていなかったことをわびるために、ある詩をベッドの上に貼り付けた。その作家は、詩や小説や文学を書くことで、身体から自分を自由にした。ジョー・ブスケは書いた。「私に関する詩の果てまで行く力はなかった」。

以前のジンガロの経営責任者マリー＝フランス・デュプュイに偶然出会い、複雑な数字を巧みに操るためにアシスタントとして働かないか、との申し出を受ける。一九九二年の初めのことだった。パトリシアは承諾したが、特別な感激はなかった。特に馬への関心はなく、バルタバスにも幻想を抱いていなかった。ただ気に入ったのは、都市の入り口にあるこの奇妙な野営地であり、サーカスではないサーカスであり、まとまりの悪いこの共同体に住むボヘミアンのような人々が、どこからともなく必要に迫られて、ここに集まっているところだった。

優しいパトリシアは、ここで初めて見た『騎馬キャバレー』を忘れることはない。ホット・ワインが注がれ、軽やかで狡猾な陶酔にあふれたジンガロの洗礼は、ちょっと露骨で、とても詩的だった。人生が何もかも変化しそうだと強く感じた。翌日、バルタバスが、たぶん彼女を試すために、馬の毛を刈るよう命じた。彼女は動揺し、馬の細長い頭に、ひどい円形はげを作るというへまをやらかした。バルタバスは怒り狂って叫ぶ。よい徴候だ。バルタバスとの本当の友情は、いつでも仲たがいや対立のドラマから生まれる。彼女は劇団に受け入れられた。

制作から劇場に移り、スクリプトの仕事をする。それからは、ツアー公演や、外国からジンガロに招聘するアーティストたちの面倒をみることになる。『シメール』出演のためにラジャスタンから楽士がやって来たときは、母親のように面倒を見た。彼らのひとりと恋に落ちたりもした。彼らは小麦色の肌で、ハンサムで、ターバンを巻いていた。パトリシアは世界的なケンタウロスの国の、小さな女神だった。

スペインからの亡命者の娘にとって、粗末な住まいは楽しそうな我が家になる。オーベルヴィリエで天気のよい日に、食事のためのテーブルをみんなで外に出し、バーベキューをするのが、彼女のお気に入りの時間だ。肉の焼ける香りの中で、友愛に満ちた空気が広がり、子どもっぽく男たちが料理をする。ジンガロはこうしてみると、物語がいつも宴会で終わる『アステリックス』[1]の村のようだ。ただ、ケルトの吟唱詩人はいない。漫画の世界が現実になるなんて感動的であり、いつまでも子どものままでいられるような気がする。

日頃はマルテックスと呼んでいるが、彼の要求が度を越して、いらつくと「ムッシュー・バルタバス」になる。そのムッシュー・バルタバスには、当惑させられることばかりだ。彼のことを、素晴らしい騎手とは言わない。偉大な詩人で、しばしばその孤独が彼に大きな不安を与えると考えている。その孤独が彼の心の奥深くに巣くうと、バルタバスはあらゆることから疎遠になる。状況に順応する信じられないほどの能力には、感心してやまないが、あまりに度々怒り出すのは不満である。「怒鳴るのは、死ぬ時に怒鳴ることを忘れると困るからよ」。そして、彼の情熱が世界を揺るがすことを楽しんでいる。この男をあまりによく知っているので、神話をそこに見出すことができない。欠点があっても、ほかに長所があればよい。男たちの弱さに優しい気持ちになる。女性たちの強さに感動する。目標にしているのは、ピナ・バウシュとブリジット・マルティ。

何年にもわたって自分を捧げ、ほかでは味わえない出会いも体験し、経理をしていたら感じることのない大きな幸福も得たけれど、現在のパトリシア・ロペスは自分が誰なのか、自問するようになった。もうダンサーでないことはわかっている。バルタバスにすべてを捧げる確かな理由があったこともわかっている。そして、自分が亡命者の血を受け継いでいることが、今になってやっと理解できた。しかし、いつの間にか、自分が自分にとって異邦人になったような不安を感じている。夢見た人生は、現実の人生とまったく異なっていた。「私に関する詩の果てまで行く力はなかった」。いつかこの夢想の国を去り、希望がかなわず、後悔ばかりの灰色の世界へ戻ることを恐れ、彼女は苦しんでいる。劇団のメンバーはみんな言うだろう。ジンガロの冒険は胸躍るけれど、同時に危険だ。宗教に入信することは、なにより忘我の上に成り立つことを忘れるな。

訳注

*1 『アステリックス』 一九六一年から三十一冊が発表されているルネ・ゴシニとアルベール・ユデルゾの共作コミック。ローマ時代のガリア（現フランス）で、征服者ローマ人に抵抗するケルトの小さな村を舞台にしながら、現代社会を皮肉っている。

黒いヘルメット

去年の夏、拒み続けたにもかかわらず、友人たちは私をオーバックの背から下ろして、競馬場へ連れて行った。彼らは、買ったばかりのまれな才能を持ったサラブレッドをシャンティーから持ってきて、クレールフォンテーヌ競馬場で走らせることにした。このハーフティンバーの競馬場は、ドーヴィルの市街に入るところにあり、トラックは海辺に沿っている。青林檎色のみずみずしい芝生の上に、皮肉屋のカモメたちが、ギャロップで走る馬たちの攻撃を無視して、群れでやって来て休んでいる。

とても暑かった。パドックで調教師に引かれている馬たちは、すでに汗びっしょりだった。私もだ。これまで障害レースでは、決して運がなかった。見に行く度に、殺戮レースになった。多くの騎手と同じで、挑戦やその結果としての偉業は好きだが、予測可能な暴力には耐えられない。

馬たちが矢のように飛び出す。観客席は興奮。太陽はより強く照りつける。生垣をひとつ、二つ、三つ。馬の集団は塊になり、大きなカーブへと遠ざかる。集団はすでに友人のサラブレッドを引き離し、遠くに小さくなっていく。その海水浴場のような景色を愛でた。ヘルメットが色鮮やかに波打ち、まるでデュフィーの絵が動いているかのようだ。突然、大きなどよめきが起こる。一頭の馬が生垣を飛び越した直後に倒れ、その後ろに続く三頭も避けきれず、立て続けに転倒する。ジョッキーのひとりが立ち上がらない。芝の上で、ばらばらになった人形のようなぞっとする姿勢で横たわっている。他の障害物の上でも、同じような惨劇のシナリオが何度も繰り返される。耐えがたい酷暑の中、長いトラックのあちこちで、人と馬が一緒に倒れている。観客の目の前の大きなスクリーンに、異様なシーンが映し出され、救急車のサイレンが満員の観客の打ちのめされた沈黙を破る。看護師がジョッキーを担架に乗せて運ぶ。一頭の馬は我々の目の前で薬殺された。少数の生き残った集団が列を乱しながら、ようやくゴールラインを切る。着順表が掲示される。私はクレールフォンテーヌ競馬場を重たい心で離れた。障害レースに熱狂することを非難するつもりはない。しかし、理解できない。闘牛と同じで、馬好きの私には、何かすっきりしないものがある。その価値を高く評価するには、試してみるしかないようだ。競馬と接点があるとは想像もできない、ソミュールのカドル・ノワールの騎手長ロイック・ドゥ・ラポルト・デュ・テイユが、競馬場で走れなかったことを後悔していると言った。全速力で馬を駆りトラックを周ることは、子どもっぽくて自由な喜びで、装飾馬具をつけたセル・フランセに乗って音楽に合わせた騎馬パレードに出るより、ずっと楽しいと思っているらしい。オメリックはアマチュア騎手だが、手綱で追って全速力で駆ける、華奢な軽種馬の熱狂的愛好者だ。初めて駆歩ができた日のことを思い出しては、今でも目に涙を浮かべる。そしてバルタバスも、優れているのはウィーンのスペイン乗馬学校やリスボン王立アカデミーではなく、誓ってもいいが、競馬のジョッキーの騎座であると断言している。自分の青春にノスタルジーをいだく彼らにとって、競馬はかけがえのない王国であり、民衆劇場なのだ。

その証拠をあげれば、バルタバスは決してネクタイを結ばず、スーツも着ないのだが、競馬場に行く時は別である。この時だけはきちんとした格好をする。その格好を見て、芝の上にいるジョッキーは帽子を取って挨拶し、観客はびっくりする。トレーラーの中で、競馬場という教会で開かれる大ミサへ出かける準備をする。日頃の服を脱ぎ去り、馬主に化ける。髭をなでつけ、髪を梳かし、オーデコロンをふり、格好をつけると、彼を映す鏡さえ見間違えるほどだ。

不思議な矛盾だが、磨いた靴にスーツを着れば、なおさら悪党に見える。晴れ着がヤクザ者の風格を与える。黒サングラス、革ストラップからぶらさがった双眼鏡、唇にアメリカ煙草をくわえ、頬ひげを震わせ、身体をスウィングさせながら歩く姿は、筋骨隆々のアングロ・アラブ種の馬が装鞍されても人を乗せずに、ファンの前でサークルを機械的に歩いているようだ。胸を張ることで自分を隠し、本質を秘密にする。

障害レースはバルタバスのプライベートな領域であり、子どもの頃の思い出に結びつく。オートゥィユで手すりから身をのりだして、足を踏みならし興奮し、聞こえないであろうが、声を上げて輝く馬を応援した。手すりの下では、馬が今まさに、横木の障害を跳び越そうとしている。ジョッキーは命令をしているが、ここまで聞こえない。跳躍する姿は黒のヘルメットと黄色の肩章をつけている。バルタバスは、若いクレモン・マルティが水平線の方へ駆けていくのをずっと見続け、過去の自分にエールを送る。砕けた夢をつなぎ合わせる。人生を、後退駆歩で。

五八〇〇メートルを走り、二十三の障害物を飛び越えたのち、馬たちは戻ってきてパドックへ向かう。体中から湯気が立ち、馬着の下で心臓が早鐘のように打っている。血管は膨張し、胸先には白い泡が立ち、目玉が飛び出さんばかりだ。輝く馬たちが熱狂するこの偉大な儀式——馬たちが限界を超えて力を振りしぼる、この恐ろしくも素晴らしいスペクタクルに、八歳の少年が魅せられていたことを、バルタバスは思い出すのだ。

オーベルヴィリエにいるこの男の今日の顔は、絶え間なくスペクタクルに身を捧げている。明日の顔は、ヴェルサイユで、二〇歳前後の青白い頬の女性騎手を育てる。知られていないが、昨日の顔は、メゾン・ラフィットで、人にあまり知られないように第三の厩舎を設けた。ここにいる三〇頭ほどの純血種馬は、そのほとんどを競売で買った。馬の持参金ほども儲からない競馬の、その後に開かれるオークションで、馬主たちが不要の馬を安値でたたき売る。大概ひと目見れば、バルタバスには将来名馬となるかどうかがわかり、不格好な体つきや感じの悪い、ずうずうしい馬に隠れているチャンピオンの魂を感じる。一九九九年に、マティネ・ラヴァーを手に入れた。前の馬主は、この鹿毛の六歳馬が競馬場の草の上で寂しく、ぐずぐずしているのに我慢できなくなったのだ。バルタバスだけが、この馬の価値を見つけた。そして一年も経たない内に、ジャン＝ポール・ガロリニの手腕で、オートゥィユでトップを走った。

ガロリニ、通称ガロは、バルタバスの調教師だ。「魔法使い」の異名を持っている。二人の陰謀家は、ひとりはずんぐりむっくりで、もうひとりは背高のっぽ。この二人が競馬場に揃うと、マフィアの集まりがあるのかと思える。フィルム・ノワールさながらに、殺し屋のおじさんが白と黒の靴を履いて、金ぴかの車から何気なく下り、丁寧な言葉使いで、武器も使わず、天使の宝石店から鹿毛馬を強奪する。

日曜日には、ジャン＝ポール・ガロリニは縦縞のスーツにピンクのネクタイで、ジャガーを走らせる。フランス南東部のナイフで切るようなアクセントで、「いつでもジャガーじゃ」。口の利き方は乱暴だが、心優しい素朴な南仏人そのものだ。マルセイユの市街地のはずれにあったあばら家で生まれたイタリア移民の子どもは、左官になるはずだった。セメント・アレルギーだと偽って、ジョッキーになる訓練を続けた。ちょうど適した体格だった。十六歳で、ポン・ドゥ・ヴィヴォーの新人戦で初勝利を収め、パリへ出る。そして、アンドレ・アデルのもとで働き、そこで将来のバルタバスに出会った。しかし、落馬。頭蓋骨骨折と脳血管圧迫によって、有望と言われていた将来が消えた。そして、調教師となる。

彼には、バルタバスと同じような天性の才能がある。馬を感じ、その不思議で、神秘的な心理を理解できる。七〇年代に、屠殺場行きが決まっていた老いぼれ牝馬を引き留めて訓練し、勝利へと導いた。二束三文で買った馬のおかげで、メゾン・ラフィットに自分の最初の厩舎を持てた。以来、ガロリニは自分の伯楽ぶりを誇っている。朝のトレーニングでは、小高いところで鷹のように静かに立ちつくし、次々と賞金の種が真っ白な霧の中を走るのを、外科医のような鋭さで観察する。彼の目は、まるで馬たちの体を透視しているかのようだ。どの馬の調子がよく、どの馬が悪く、あるいは上向きか。また、どの馬に駆歩をやらせなくてはならないかを見極めている。自分の前を通る度に、小さく「オップ」と声をかける。彼のトレードマークで、専売特許の合い言葉だ。ガロの「オップ」は黄金の言葉である。なぜなら、最近の障害レースで記録的な勝利数を上げているからだ。

その手腕を買われて、バルタバスのためだけでなく、八〇年代に、四〇名の従業員と一三〇頭の馬を抱える会社社長ウイルデンシュタインの馬の調教を請け負い、固い友情と確執が生れた。純血種馬の宝庫のただ中に長年いるため、スキャンダルや、禁制薬品の抗炎症剤のしつこい臭いにつきまとわれる。噂のせいで、一九八一年六月六日、オートゥイユ競馬場での表彰式のあとで、八レース中六頭の勝利馬がドーピング違反で訴えられる。一年間の免許停止となり、障害競馬協会委員会から三〇万フランの罰金を科せられ、競馬場への出入り禁止を命じられた。同郷マルセイユ出身で、当時の内務大臣ガストン・ドゥフェールに、無罪の証明と名誉回復を願い出る。今でも、陰謀の犠牲になったと考えている。しかし、行く手に障害があれば飛び越え、さらに前へ進む。そのうえ、抗炎症剤などなくとも、トロフィーは彼の事務所に増え続けている。どうして彼の調教する馬たちがよい成績を上げるのかを訊ねると、はっきりした声で、クローの牧草、森の中の速歩、平地での訓練だと答える。

バルタバスは確かにこの男に弱く、ひとりで多勢に立ち向かったこの男を尊敬している。お偉方に迷惑をかけ、金持ちや良家の尊大な人たちを怯えさせる成り上がり者であり、ドーヴィルの夏のノミの市で、貴重な古いリトグラフに札びらを切るより、才能ある痩せ馬を見つけ出して、屠殺人の刃から助け出すほうが好きな調教師。疲れ知らずで、怒りっぽい働き者。大きな賭をするギャンブラー。自分で作った理論、決してオーソドックスではないが、とても有効な騎座の観念を再定義した騎手。「速く走り、かつ落馬しないためには、十分に前方に身体を傾けなければならない」。この考え方は、偉大な騎手エティエンヌ・ブーダンの教えとかけ離れている。ブーダンが提唱した騎座のあり方は唯一、「手と足を軽く置き、肩と腰を真っ直ぐに、おごそかに、頭は常に固定する」。オーベルヴィリエで、バルタバスはこの名騎手の教えを守り、おごそかに、真っ直ぐにルシタニア馬に乗る。しかし、オートゥィユではガロリニの忠告に従い、体重をそして気持を、すべて前に置いた前傾姿勢で地平線へ向かう。両者の間で、バルタバスは自分の内的平衡を見つける。

天気のよい日に、スーツ姿で行く競馬への情熱から、バルタバスは何の利益も得ていない。運良く利益になったとしても——二〇〇四年四月十二日、輝く太陽の下、オートゥィユ競馬場で、素晴らしい栗毛のターキッシュ・ジュニアが、ローラン・メテの騎乗でミュラ賞に勝利を収めたとき、バルタバスはおおいに興奮して私に知らせてきた――利益は、競馬用厩舎につぎ込んでしまう。子どもの夢を今でも持ち続け、無償の楽しみとなっている。

太陽王宮殿のジプシー

二〇〇二年一月のある夜のことだった。パリのブルス広場にあるブラッスリー・ガロパンで、友人と一緒に夕食を取った。最後の濃いコーヒーが出る頃になってバルタバスが、まるで週末に海辺へ行く話をするように、なにげない調子で言った（以前から、この策士家バルタバスが、運命をもて遊ぶような無関心なふりで、重要な決定を冗談混じりに話して、人の反応をうかがう癖があることを私は理解していた。その裏に隠している強い意志がばれないようにするためだろう）。「ユベール・アスティエ会長の提案を受けようかと思っている。例のヴェルサイユの厩舎を復興する件を……」、沈黙。私の反応をじっと見ていることに気づく。吹き出してしまった。「えっ、君がヴェルサイユに？」。一緒に笑いそうな振りをしながら、「おかしいかい？」との答えに、私は驚いて、あたふたして、言わないでよいことが口から出てしまった。絶対王政への郷愁、かつらをつけリュリの曲に合わせた騎馬行進、ひだ飾り付きの上品な服装をした冷淡で偉大な高等馬術学校の指導者たちや、ラ・ゲリニエールの徹底した文法――あらゆる科学とあらゆる芸術には原則と規則があり、それによって完璧へ導かれる。真の原則を持たない実践は、因習以外の何ものでもない。これは、バルタバスのスタイルではないだろう。彼は異端児で、闇の魅力によって、これまで成功を成し遂げ、独自の個性を確立した。ヴェルサイユでは、そうした魅力が失われはしないだろうか。たとえば、ジャン＝バチスト・モンディをルーブル美術館に、ヤン・ファーブルをパリ・オペラ座ガルニエ劇場に、ミシェル・ウエルベックをアカデミー・フランセーズに、そんな場違いなことを想像できるだろうか。バルタバスは、私がひとりで興奮しているのに知らんぷりだ。今では、繰り返し劇場に足を運んでくれる固定客を獲得して満足している。そのうえヴェルサイユとなれば、日本人観光客を引き寄せるかもしれない。冷房の効いたバスから下りてきた荒々しいスカンジナビア人の前で、スペイン常歩《なみあし》[1]を見せることもできるだろう。毎年三〇〇万人の観光客を、宮殿の鏡の間とマリー・アントワネットの部屋へ運んでいる観光バスツアーのプログラムのひとつとして、ムーラン・ルージュとアンヴァリッドの間に組み入れてくれるだろう。しかし、それは芸術ではなく商売だ。バルタバスは、赤ワインを流し込む。私の方は、ミネラル炭酸水で気持ちを落ち着かせる。たぶん、冗談だろう。それでなくても、ジンガロとヴェルサイユの両方を指導する時間を、どこで見つけるつもりなのだろうか。新しい作品を創り、世界各地へツアーに連れていき、競走馬の厩舎を経営し、それに加えて、王立アカデミーを指導できるはずがない。

バルタバスはその夜、二〇本目の煙草に火をつけ、はき出す煙の雲の中で、言葉少なに言った。「『トリプティック』のクレモロ馬を、どうしたらいいかわからなくて困っている。次の作品に、あの馬たちは出演しないし、オーベルヴィリエに置いておく場所はない。ヴェルサイユで面倒をみるほうが、草原に戻してしまうよりいいような気がしないかい」。ポルトガル馬のために、田舎の別荘かシックなパドックを見つけたい気持はわからなくもないが、彼らしくない。

私が苛立っているのに、バルタバスは冷静なままで、皮肉な口調にもならない。だから、最後の切り札を出した。ヴェルサイユに騎手が必要ならば、バルタバスではないだろう。それはエンリケだろう。

ミシェル・エンリケは八〇歳になる辛辣なご老人で、小さな白い口ひげに、冷たく青い目をして、足は湾曲し、威圧的な話し方をする。法則を守ることが芸術の基礎であり、理論なくして実践はない。詩ではなく、正確な科学を信じている。馬術とは、彼によれば数学である。ボロひとつ落ちていない馬場で、輪乗りはミリ単位まで正確に計算され、歩様を変化させる時間はストップウォッチで計る。生徒たちに、飽きることなく繰り返す言葉は、「指で馬術をするのだ、指の先の骨で感じるのだ。けっして腕ではない」。また「内方手綱は価値がない。外方手綱は騎手のものだ」。

地上を歩くことは知っていても、基本的に馬に乗っているほうを好む。見た目は引退した騎兵隊長。実は、ムーラン・ドゥ・パリのかつての営業部長で、とても若い時に多くを稼ぎ、馬術への情熱から、頭を下げて、ポール・モランが言うところの純粋馬術教に入信。ルネ・バシャラクを信奉し、六〇年代に教えを乞い、生徒から門弟となり、最後には、ヌーノ・オリヴェイラの追従者となる。自ら「ヴェルサイユの騎手の生まれ変わり」を自認し、操るイベリア半島の純血馬こそ、永遠の「王様の馬」であると言ってはばからない。ポルトガル人の師匠オリヴェイラが亡くなったのち、このフランス人は師匠の栄光を後世に残すため、師匠が書いものを集めた。情熱を持ち続け、師匠を唯一無二の模範とし、妻カトリーヌ・デュランと美しい灰色のルシタニア馬オルフェをバルセロナ・オリンピックまで導いたのだ、と本人が語っている。そうした権威をかさに、時代を罵倒して止まない。「フランス馬術界の異文化への同化」、また「現代の騎手の無教養ぶり」を告発し、ソミュールのカドル・ノワールを軽蔑し、馬場馬術の国際審判員の無知さ加減を非難し、昔の条約を聖なる条約のように振りかざして、栄華の夢に逃げ込んでいる。自分だけが真実に精通しているという堅い信念は、この男を尊大なる孤独の中に封じ込め、後肢全旋回と、それにぴったりの馬を見つけることにすべてを捧げた感動的な人生を送る。二〇年前、ヌーノ・

オリヴェイラについてエンリケが書いた文章に、彼自身のことと思える一節がある。「驚異的な馬術の知性を持ち、比類なき実践をし、猜疑心が強く、情緒的で、音楽家であったオリヴェイラは、これはほどくすんだ近代馬術の世界において、奇跡といってよい時代錯誤者である」。

彼は九〇年代初めに、ヴェルサイユへ馬を戻すことを考えついた。優れた騎手であったルイ十四世が、マンサールの図面を基に、宮殿の真向かいに建てさせた王立厩舎だけでなく、王家の人々が騎馬パレードを見物した室内馬場——ただし晴れた日のパレードはアルム広場で行なわれた——にも馬を戻したいと考えた（乗馬を大厩舎に、輓馬を小厩舎に）。公的機関を説得し、必要な資本を得るために、ミシェル・エンリケは書類上のみ、ヴェルサイユ馬術芸術アカデミー協会を設立した。魅力的な話なので、私はもちろん会員になった。確かに、その時、私が夢見たのは、バロック音楽が、長い眠りから覚めた昔の楽器で演奏され、役者たちがモリエールの台詞を語り、ルノートルの創意あふれる庭園が修復されて噴水に水が満たされる。そして、手綱の先の馬銜のリズムが、チェンバロと一緒に石畳の上に響きわたり、シャルパンティエの聖書の詩編歌と歌曲が心地よく流れ、空中を三歩様で馬が駆けて、宗教を取り戻すことだった。

ミシェル・エンリケは、惜しむべき矛盾の中にいた。馬術芸術はルイ十四世の時代にその基礎を作り、騎士学校はフランソワ・ロビション・ドゥ・ラ・ゲリニエールの完璧な理論で統制されていた。同じ理論は、ウィーンのホフブルグやリスボンでも実践された。しかしながらフランス革命以後、古典馬術の理論は、その生みの親である貴族たちと同じように忘れ去られ、共和国の暗い物置の中で、数世紀にわたり埃にまみれていた。だからエンリケは、室内馬場いっぱいに保管されている法的委託品を移管してくれるよう国立図書館に働きかけ、フランス古文書館と陸軍装甲第二師団に、大厩舎の両翼からの移動を願い出て、予算省に野外馬場を明け渡すよう依頼した。そして、ソミュールのカドル・ノワールの、かつての騎手長に、ヴェルサイユでの指導の責任者となり、高等馬術学校の騎馬パレードや、ピアッフェ、クールベット[*2]、クループパード[*3]、カブリオール[*4]といった躍乗の教育を依頼した。ヴェルサイユの学校の復興は、彼の人生のゴールであり、望んだ最後の栄光だった。ミシェル・エンリケは、人から「ムシュー・ル・グラン」と呼ばれることを嫌がっておらず、それがかつてのフランス最優秀騎手を意味していることを知っていた。

あの夕食から数週間後に、私はバルタバスと再会した。変化があった。彼を見て、スタンダールが書いた『ハイドン』の肖像を思い起こした。「天才とはどんな障害に遇っても芸術に精進せずにはいられぬほどの快楽を、創作に感じる人のみをいう。この奔流に堤防を築いて見たまえ。将来名だたる大河となるべきほどの流れなら、たちまち覆してしまうだろう」[5]。バルタバスは無関心を装って、楽しんではいなかった。自分の計画を練っていた。ヘゼック伯爵フェリックスが書いた、「ルイ十四世下の宮廷小姓の思い出」を図書館で発見したところだった。この短い文章が、バルタバスに謎を解き明かした。地位の高い貴族の子弟は、大厩舎付き小姓として司令官の命で厩舎内に暮らし、将校または騎馬隊員になるため、三年間（そのうち二年間は鐙や拍車なし）の教育と訓練を受けた。彼らは、競馬用の軽種馬を乗りこなす訓練だけでなく、当時の小姓によると、数学、ドイツ語、デッサン、ダンス、剣術、曲馬、体操、馬学の教師がいた。「十分な教養がなかったとしても、それは与えられなかったからではない」と面白おかしく書いてあった。

王制時代にあったような馬術学校でなく、近代馬術芸術学校のアイデアが、バルタバスの頭の中に浮かんだ。ジンガロを立ち上げ、彼以前には存在しないスペクタクルを創りだした直後から、振付家や演出家が出会うことのない人材確保の問題が確かにあった。ダンスや演劇学校の卒業生を雇えるわけではない。そのため、作品ごとに、バルタバスは自ら出演者を教育し、彼らが騎乗だけでなく、ダンスやアクロバットをこなし、役者にもなり、ほかにもさまざまな役割を担ってくれることを望む。だからこそ、太陽王のお膝元のヴェルサイユに、共和制であるがゆえに可能な近代馬術学校が生まれる夢を見た。その学校では国王の小姓たちと同じく、若い騎手たちが、歌唱（なぜなら、歌うことは自己信頼を深めるうえで役に立つので、馬を扱う自信になる）、デッサン（馬の形態の知識を高め、その表現を知ることになる）、ダンス（騎手は自分の体内で、馬の喜びや苦しみを感じなくてはいけない）を習い、演劇、武道、フェンシング（反射神経の最高の訓練になる）を学ぶ。そうすることで、学業の終わりには、すべてを備えたアーティストが育つであろう。「アーティストに自分の仕事に対する哲学を与えたいのだ」とバルタバスは話した。このアカデミーをヴェルサイユに創設することで、多くの利点が得られる。政府が資金の一部を負担し、学生の毎日の訓練は観客の前で行われる。かつ、遙か昔に馬術が芸術として生まれた伝説の場所なのだ。

ミシェル・エンリケがずいぶん前から、大厩舎を使う野心的な企画を提出していることを私が指摘すると、バルタバスは、彼には将来の学校で教鞭をとってもらえないかお願いしたいものだと答えた。しかし、基本的に彼らの考え方は、すべての点で相反している。ひとりはオリヴェイラの弟子で、ルイ十四世時代のヴェルサイユの学校と同じような世界的な威光を取り戻し、かつての騎馬パレードの再現を望んでいた。もうひとりは、未来——ただし、古典馬術の原則を裏切ることのない未来——を見据えていた。

二〇〇一年十一月二十六日、ヴェルサイユ公共建物局、文化省、市当局が、決定を下した。バルタバスを選んだのだ。「異論の余地のない馬術家がいて、世界中からその作品を観に来る客がいることは、私にとって好都合でしたし、それ以上に学校の教育方針が、我々の芸術教育方針に合致するものでした」と、カトリーヌ・タスカ文化大臣は、ヴァロワ通りにあるオフィスで打ち明けた。ルイ十四世は歴史の復元を望まないであろう。ヴェルサイユはルイ十四世の時代でも、当時の新進のアーティスト、リュリ、モリエール、ラ・フォンテーヌたちを呼び寄せていたのだから、とユベール・アスティエは王家の立場を代弁した。

決定が公式なものとなり、二〇〇二年二月に発表されると、ミシェル・エンリケは怒り心頭で、私に電話をかけてきた。「俺はだまされた。裏切られた」。そしてなにより、彼の「世界の馬術エリートのための」学校ではなく、その場所に「スペクタクルの学校」を創るとは。スペクタクルの学校だぞ。その後、受け取った手紙では、厳しく尊大な言葉をあまり使っていないが、バルタバスの馬術は「サーカス」で、「曲芸」技だと憤然と非難した。「簡単そうに見せながら、巧みに馬を操り、高いレベルに導くことは、他人が器用に調教した馬を使うことではない」と揶揄する。そして結論として、「我々がある日、大厩舎で見るものは、バルタバスと、クリスチャン・ラクロワのドレスを着た女の子たちの魅力あるスペクタクルであろう。そうして、ヴェルサイユの学校からこの馬鹿げた記憶が消えることは決してないのだ。無教養が我々の文化遺産へ無責任に結びつき、世界でもっとも美しい馬術の宮殿が持つべきであった天命を、ねじ曲げるという悪事を犯すのだ」と書いてきた。

バルタバスの成功にいらだっていた馬術界全体が、排除された大騎手を全面的に支持する。新聞は競って論陣を張った。「バルタバスは、我々が守ろうとしている馬術の価値を代表することはできないであろう」、または「文化遺産への敬意がない」など。コレージュ・ド・フランス教授で、啓蒙時代のフランス史の専門家ダニエル・ロッシュまでが非難の声を上げる。「ヴェルサイユをバルタバスに任せるとは、まるでバロック音楽センターをティナ・ターナーに任せるようなものだ」。かつてパリが沸き立った『エルナニ』事件の再来である。十九世紀半ば、『エルナニ』を巡って起こった騒動の数週間、壁新聞やカフェや文学サロンそして厩舎で、オール伯爵の弟子の古典派作家たちと、フランソワ・ボーシェー支持者のロマン派作家たちが、激しく対立した。一方は、格式を重んじる厳しい軍隊式の馬術グループである。その中に、アレクサンドル・デュマがいた。もう一方は、サーカス小屋の曲馬を無条件に支持し、拍車を取り外し軽快な馬術を提唱した、テオフィル・ゴーティエが参加していたロマン派である。周知のとおり一八四二年のある夜、シャンゼリゼにおいて、フランソワ・ボーシェーが不屈の馬ジェリコーを駆り、オール伯爵に打ち勝った。難なくリズムを変えて、駆歩で一気に流れ込み、パリの人々に歴史的な一幕を提供した。

驚きの決定とそれに続く、噂、嘲笑、反感。自分の馬術の本質までを断罪されながらも、そのすべてをバルタバスは完全に無視した。彼でなければとれない態度で、バルタバスは独自の企画を淡々と実行に移す。やりたいことは、はっきりと理解している。そして、失敗を望む者たちの声を聞くことはなかった。

（ローマから、一九七六年十二月二十七日付けで、フェリーニはシムノンに書き送った。「私は、人生の中で何かを決定したという感じがしない。この職業に就いて以来、毎日、何千という決定をしているのだが、私が責任を持つべき決定は、決定でさえなく、単にすでに決まっていることに従っただけのことに思える」）。

一年も経たないうちに、バルタバスは、オーベルヴィリエの騎馬劇場の建築をデザインしたパトリック・ブーシェンに、木造馬場の建造を任せ、マンサールが造った丸天井の厩舎を改装し、その中に鋼鉄と木材で造った馬房を設置し、三〇頭ほどの青い目でわし鼻の芦毛のルシタニア馬を入れた。世界中から寄せられた一〇〇名以上の候補者を子細に審査して、セント・ジョージ・クラスのレベルに達している一〇名を、生徒として採用することにした。九人の少女（ロシア人一名、アメリカ人一名、ハワイ出身一名、フィンランド人一名を含む）と、たったひとりの少年は、みんな二〇歳前後であった。乗馬服はベルギーのデザイナー、ドリス・ヴァン・ノッテンに依頼する。グレーのズボン、シルクで縞模様のベルト、古びた秋色のリネンのジャケットは、袖にインド風の刺繍が施された。またエルメスから、明るい革の馬具の提供を受ける。教官として契約したのは、ダンス（ラリオ・エクソン）、美術（ジャン＝ルイ・ソーヴァ）、フェンシング（クロード・カルリエ）、馬の整体師（ドミニク・ジニオー）、歌唱（エレーヌ・ミアラ）。また、障害飛越競技のチャンピオンや闘牛士、かつてのカドル・ノワールの隊員などの著名人を後援者として迎える。

ついに二〇〇三年二月二十四日、アカデミーのオープニングを飾る公演が行われる。二重の松明の垣根が、アルム広場の中心にあるルイ十四世の騎馬像の周りに立ち、馬術界の大半の人物が招待され、大厩舎へ導かれた。ソミュールのカドル・ノワールの騎手たちも、隊長のドゥ・ラ・ポルト・デュ・テイユを先頭にして現れ、石畳の上に、磨き上げられたブーツでカツッカツッと音を響かせた。まず会場に入り、パルマにあるファルネーゼ劇場から発想を得た内部を見る。六〇〇名を収容できる階段席と、その左右上部に積み木のように重なって見えるバルコニー席が続いている。客席正面には暖かいブロンド色の木造の宝石箱があり、その壁に掛かるわずかに傾いた大鏡で、馬場はより広く見える。観客席の壁には、ジャン゠ルイ・ソーヴァが木炭や白墨で馬の姿を素描し、馬場の壁の上方に、馬のレリーフが設置されていた。かつて舗装されていた床には、黄土色のピートが敷かれ、自然な松の木の香りが漂う。ムラーノ製の葉型のシャンデリアが金色の光を放っている。完璧なまでの質素さと、バロック的な妙技が混ざり合い、馬場はとても古くて、とても新しい場所となり、時間そのものがなくなったように思える。

魔法の夜であった。第一部は、全身を黒の衣装で身を包んだバルタバスが、六歳のルシタニア馬カラヴァジュの鞍に跨り、偉大な馬術教授(ラ・ゲリニエール、ボーシェー、ロット、ブーダン、オリヴェイラ)の教えを読み上げる俳優の声に合わせて、訓練の再現を行った。それは次の演技への準備運動とも思えた。クープランやフォルケレーの曲で、オリゾンテとともに、軽快なパッサージュから見事なピアッフェを堂々と演じる。ジンガロ劇場での円形舞台を見慣れていたので、室内馬場を正面から観る空間で、その新たな姿を発見した。サーカスのサークルを離れて劇場になる。壮大さに欠けるけれど、より親近感がある。第二部では、生徒たちの騎馬パレードが、ヴェルサイユ・バロック音楽センターの聖歌隊によるシャルパンティエやバッハの洗練されたリズムに合わせて行われた。そこには、かつて『トリプティック』を紡いだ馬たち、スーラージュ、ゴヤ、ファリネッリ、ネプチューノ、マラヴィルハ、ガウディ、ジタン、ペリオディスタ、レホネオ、リュス、ピカソたちルシタニア馬がいた。かつて、リスボンのルイス・ヴァレンサの元から買い付けたこの馬たちは、オルガンの調べに合わせて、ピエール・ブーレーズ指揮の時と同じように、軽やかに舞った。

王制の偉大な世紀が舞い戻ってきたように思えたけれど、そこにバルタバスは自分らしいタッチを描き加えた。黒のカウンター・テナー歌手が、裸馬の上でプルセルをアカペラで歌い、熊手を引いて馬場を入念に掃除し、そして、次の場面を告げた。自由なルシタニア馬たちが遊んでいるかのように即興で、気取って演技したり、鏡に自分の姿を映し、ふざけて後肢を蹴り上げたり、数頭がつつきあったりする。そして、ストラヴィンスキーの『春の祭典』の軽快な音楽に合わせ、見事としか言いようのない瞬間が訪れた。ヴェルサイユの馬術の歴史への反証をあげている。馬術学校で最高の訓練を受けた、完璧な実技を行う騎馬パレードであっても、ここまで見事な演技を見せることは不可能であり、自由な裸馬が原始的なアクロバットを自ら演じる美しさを、再現するような振付は考えられないだろう。ここで芸術をつくっているのは、誰ひとりとして想像だにしなかったアーティスト、馬たち自身であった。その夜、バルタバスは自然な木の馬場で、二十一世紀と十九世紀を融合しただけでなく、王制の豪華さと詩人の孤独を調和させ、馬たちにその貴族的な宿営地を与え、かつ永遠の野生を見出した。

数週間後、私はすでに我が家のように感じていたヴェルサイユのイタリア式劇場に戻り、厩舎の朝の仕事や日常の訓練の場を見学した。ルシタニア馬のクリーム色がかった毛色が、薄い色の木壁にとけ込んでいた。乗り手たちは、ブルボン王朝時代の金髪の小姓を想像させる顔つきで、神妙に教官の話を聞き、鏡を見てより厳しく自分を見直し、ウォーミングアップや柔軟体操に励んでいる。努力することだけが、完璧になりたいという願望を叶えてくれる。こんないじらしい態度を見ていると、私は遠い昔、もう思い出すこともないどこかの馬場での反復練習を思い出さずにはいられなかった。大きく異なっている点は、昔は男ばかりだったものが、今は女性たちが優しく毅然と馬場に君臨するようになったことである。馬たちは穏やかさにおいても、正確さにおいても、騎手たちに勝っている。すでにとてもよい学校で学んでいるのだから。

私は静かに大厩舎を去り、考えにふけった。この四本足のダンサーたちは太陽の下に生まれ、かつてルイ十四世の威光に包まれ、革命で破壊され、共和国から忘れ去られた馬術学校へ、ひげ面の放浪者によって連れて来られた。パリのボヘミアンが、元気で優雅な馬たちを、ここヴェルサイユ宮殿に戻した。ここでは昔、馬術はオペラや演劇と同じであった。そして、今、ひとつの形而上的手法のスペクタクルと結びついた。

訳注

*1　スペイン常歩　馬が前肢を高く伸ばしながら歩くこと。
*2　クールベット　前肢を折り曲げ、後肢で立ち上がること。
*3　クルーパード　後躯で支え、合図で後肢を蹴り上げ肢を完全に伸ばすこと。
*4　カブリオール　空中に飛び上がり、後肢を蹴る難関技。
*5　引用は『ハイドン』大岡昇平訳（音楽之友社）による。

風の馬が走らないアヴィニョン

遠くをガチョウたちが通っていく。その歩みは、けだるくためらいがちで、疲れて足を引きずっているようだ。ロバは柵の後ろで不満げな声を上げる。呆れかえり、打ちのめされ、時間が止まってしまう真夏の高速道路での事故のあとのような気分だ。そのうえ、サディストな蝉が絶え間なく皮肉に鋭く鳴く。キャンプ場で使うような折り畳み椅子にだらしなく座っているバルタバスの充血した目の周りはくぼみ、怒りと失望を思い巡らしては、腕を揺すって消し去ろうとしているようだった。バレエダンサーのように細い裸足の足元に、空のワイン・ボトルと、吸い殻でいっぱいの灰皿がある。エクスポジション・パークの大きなホールの下にテントを建て、周りにトレーラーを数台並べ、そのうちのバルタバスのトレーラーからの冷房の風にほっとする。外は酷暑。日陰でも四〇度はある。劇団のほかのメンバーは、焼け付くトレーラーの金属屋根の下で、暑さに息を詰まらせている。アルゼンチン馬だけは、黄色い葉っぱの生えているパドックに集まり、それほど居心地が悪そうでもない。空港の滑走路に沿ったとても広い大地の乾燥した空気に、南米のパンパ草原を思い出しているのだろう。遠い記憶の中の焼けた大地や、白い空への郷愁を感じているのだろうか。彼らはアルゼンチンからの働き者の亡命者たちだ。

前日の二〇〇三年七月十日、言葉にならない混乱の中、ベルナール・ファヴル＝ダルシエは開幕を待たずに、五十七回アヴィニョン演劇祭の終幕を宣言した。これまでもさまざまな反乱や事件はあったけれど、ジャン・ヴィラールが始めたフェスティバルが、歴史上初めて中止となった。アンテルミタン（舞台・映像のフリー労働者）のストライキのせいだった。かつて、啓蒙時代が生んだ悲劇女優クレロンがフランス劇場を辞職することで、蜂起した仲間たちを支持したのは、役者たちが市民としての絶対的な権利を求めたからである。彼らがなにより要求したのは、教会が役者たちにその門戸を開け、死後、墓地へ埋葬される権利であった。喝采と同時に社会的地位を求めた。それは、無駄に終わった。数世紀が経ち、芸術家は今でも冷遇されていると感じ続けている。この年の夏、仕事のない期間の失業保険制度を失わないために、ストライキが起こった。芸術家の地位を守ると同時に、公的制度も要求する。バルタバスは自分のことは自分で責任を取り、馬からの支配だけを受け入れる。だから、彼らのこの権利要求は矛盾していると判断した。運動の初めから、協調するつもりはなかった。バルタバスの拒絶に、アンテルミタン側は怒り、かつショックを受けた。バルタバスは自分に正直なだけであったが、軽蔑だと受け取られた。フェスティバル本部のある旧リン・ルイ修道院の中庭で、急遽開かれた全体集会で、バルタバスは持てる者として糾弾された。自分は自由人であり、そうでなければアウトローだと反論する。しかしバルタバスは、権力に追従する狩猟係——たとえば経営者団体（MEDEF）のトップ、エルネスト＝アントワーヌ・セリエール・ドゥ・ラボルド——に利益を与えている経営者のひとりとみなされ、攻撃された。バルタバスは反論した。自分は決して公的権力に頼ったことはない、決して文化省などに助成金を願い出たことはない、決してスポンサーが作品を汚すことを許さず、常に芸術家の名にふさわしい芸術家として、社会の縁で、苦しみまた喜びながら、芸術のために働き、生きていると。しかし、彼の愛想の悪い演説は理解されない。この旅芸人一座は入場料収入のみで経営されている。今この時も、アヴィニョン郊外のシャトーブランの酷暑の中で、三〇頭の馬たちが、もっとも素晴らしい姿を観客に見せるために、鞍に人を乗せることを待っているというのに。

ついに、ストライキ支持者の前で、震えた声で叫ぶ。「芸術家とは、エンターテイメント労働者ではない。仕事の時間を計算するのではなく、自分の情熱の炎を燃やすものだ」。ジンガロ座長の言葉に罵声が飛ぶ。そして、叫んだ。「組合なんか、くそくらえ」。その一言が高くついた。しかも長引いた。翌日、糞の詰まった袋がテントの入り口に置かれ、国内ツアーをぶち壊すという匿名の脅迫電話が何度もあった。

激怒公バルタバスは怒っていたけれど、憎しみではなく、苦悩と深い後悔だけを感じていた。六月末までに『ルンタ』のチケットを購入した二二〇〇人の観客に対して、自分の意に反して、不誠実になることを悔やんでいた。アヴィニョンの観客は無宗教の巡礼者のごとく列を作り、演劇に秘跡を求めてやってくる。それなのに、芸術と政治の闘争によって、唐突に法王庁の高い壁の外に追い出された。法王庁では、バルタバスの特別公演が予定されていた。数年間フェスティバルへの参加を休んだのちに、最も大切にしている観客と、かつて作り出したような親密で神秘的な儀式か、再会する異教徒の祝祭と呼べる愛情あふれる公演を行いたいと、バルタバスのほうからフェスティバルに願い出て、実現するはずだった。「ジンガロは、観客なしに存在しない。観客こそが神聖である」と、バルタバスは無駄と知りつつ訴える。二〇年かけて、アヴィニョンで観客と互いに求め合うよい関係を作り上げた。これまで、南仏特有の嵐ミストラルが吹き荒れても、雨嵐に襲われても、ストライキがあっても、バルタバスは一回たりとも公演を中止したことがなかった。ジンガロの二〇年を祝う特別公演は、七月二十一日、二〇〇〇人が収容できる法王庁の名誉の中庭で、星空の下、初めてルシタニアのピアッフェが抽象的でリズミカルなハーモニーを、古い石造りの塔や教皇翼の壁に響かせるはずであった。バルタバスが打ち明けたところによれば、そのスペクタクルはほとんどの部分を即興で行い、神々しい一瞬を作ることを願っていたという。

六月の最終週、ジンガロ一行は、それだけでも見ものである長い隊列を組んで、オーベルヴィリエを離れ、南へ向かった。ボヘミアンの揺れ動く隊列は、騎馬劇団の鮮やかな色のキャンピングカー、テントの重さでたわんだ十五台のセミ・トレーラー、馬を運搬するトラック、ガチョウたちを載せた動物運搬車、そして、チベット僧が乗った車という長いものだった。最年長のチベット僧は、暑いヴォークリューズを隊列が進むにつれて、悪いことが起こる前兆のように、繰り返しヒマラヤ訛りの英語でつぶやく。「ツー・ホット・フォア・ザ・マインド」。

騎手、宗教者、動物たちが、アヴィニョン郊外のシャトーブランに落ち着く。『シメール』だけはブールボン石切場で初演されたが、ほとんどの作品はシャトーブランで上演されている。工業地帯と高速道路に挟まれた「ノーマンズ・ランド」が好きで、戦争に挑む大佐のように、未踏の地か孤立した丘を掌握する感じがするらしい。同時に、この場所が、アヴィニョンの市街地から離れている点も、気に入っている。しかし毎回、フェスティバルの主要な公演となり、何千人の観客がわざわざここまでやって来た。客たちは、徒歩で、自転車で、車やバスで、家族揃って、友人同士でやって来た。夜になると、乾燥した草、馬、汗、香の混ざり合った匂いが漂うテントに誰もが集まる。それはひとつの儀式のようだ。ジンガロは儀式なしでは存在しない。スペクタクルの前に、場所全体の演出がある。神秘の中でのみ宗教典礼が行われ、自己放棄があってこそ聖体拝領が可能になる。

七月十一日金曜日の夜、バルタバスは観客が来ないことを知っていた。シャトーブランの門は閉ざされたままであった。夢さえもストライキに参加したのだろうか。魔術師は、現実的な原則に縛られることを我慢できない。奇跡を起こす者は飢えた野獣のような足取りで、廃墟に似た舞台の上で円を描いて歩く。騎手はつむじを曲げている。「ご覧よ、お坊さんたちは、テントからなんの音も聞こえなくて、がっかりして寂しがっている。朝から夜まで、彼ら自身が音楽だ。お坊さんもジンガロの団員も、人生と仕事の間に境はない。職業と言って、人生と仕事を区別するのは西洋的概念だ。僧侶の芸術は真の信仰なのだ。そして、誰も馬のことを考えてはくれないだろう。彼らは、小道具でも、楽器でもない。もちろん、舞台芸術の労働者でもない。馬は生き物で、公演があろうが、なかろうが、乗ってやらなくてはならない」と言う。そして、夜になったら、できるだけ目立たないように戻ってくるように勧められた。正式にフェスティバルが中止になり、労働総同盟（CGT）から脅迫されていても、一握りの友人と、近くで暇を持てあましているアリアーヌ・

ムヌーシュキンの劇団の役者たちの前で、『ルンタ』を上演しようとしていた。内密の上演は戒厳令に抵抗し、アヴィニョンへ来たという事実を刻印し、平和のスペクタクルで反旗を静かにまっすぐに立てるためだった。その首には、ダライ・ラマを象徴する白いスカーフが巻かれていた。先立つ五月、モスクワでのチェーホフ・フェスティバルのおりに、ダライ・ラマ本人から感謝のしるしとして受け取ったものだ。しかし、アヴィニョンは戦争状態で、『ルンタ』の平和のメッセージも、遠くチベットからの風の音も聞こえない。

ウマ属らしく、考えを反芻しているバルタバスをその場に残し、私はテントの中を歩いた。陽光がテントの頂から、赤いクッションが置かれた木造の階段席の上に落ちている。大聖堂の輝く埃が、沈黙する破れた夢の中で、くるくる舞っている。黒い天蓋のかかった二か所の雛壇が、今はトレーラーで休んでいる紅い長衣の僧侶たちを待ちわびている。舞台の中央のシエナの赤砂の上には、幻影の足跡だろうか、ちょっとした新しい跡が残っている。これほどまでに憂鬱で悲痛な劇場を見たことはない。ここには、消え去ったざわめき声が残っている。バルタバスならば、古い馬銜と手綱の音楽と、規則正しい馬の呼吸を、この中に加えられるだろう。私は腰を下ろし、かつてサン・セヴランの教会で、薄暗い中に座り、ステンドグラスからの陽の輝きに何か知らない兆しを求め、無が発するかすかなオルガンのため息か、天使のひと息が聞こえて来そうだと、待ちわびた日のことを考えていた。ロバのナルテックスの悲しげなうなり声で、見えない世界の観客の夢想から一気に目覚めた。

数時間後、夜の闇が訪れ、暑さの中で鳴いていた蝉も疲れて静かになり、バルタバスは約束通り、客席のあちらこちらに離れて座る、特別な招待客の前で『ルンタ』を公演する。上演を妨げられてまで、強行するどんな理由があるだろうか。現実に背を向けて、親しい人にだけ、芸術の秘密を打ち明けるのだろうか。もっと確かだと思える理由は、愚行にエネルギーを振り向けることなく、望まない休日を過ごすことなく、自分とは関わりのない革命に邪魔されることなく、アヴィニョンへの巡礼者が求める、照明の下での時間と存在の融合を表現すること――重要なのはそれだけだ、と伝えることだったのだろう。これまで以上に、この夜のバルタバスは孤独で感動的で、拒絶されたフェスティバルで見せるはずだったスペクタクルを、望むべき姿そのままに実現した。そこには神の恩恵があり、観客はひそかに、驚きのうちに受け取った。

この儀式の本当の主人は、ギュート寺院の僧侶たちだ。彼らの低い声に、長い銅のラッパ、シンバル、笛、球を打ち付ける太鼓で伴奏し、パッサージュで跳びはねる騎馬の振付に、隠れて命令を出している。釣鐘状の透き通る布が上下し、中央の照明によって赤または黄土色になる砂の舞台を覆い隠しているが、中に馬がいる気配を感じる。その周囲には、夜の青さの黒砂が円を描く。ミルラの香りに恍惚となる。エネルギーの不思議な流れのことを僧侶たちは「ルンタ」と呼び、「心による馬の遠乗り」のことであると言う。夢が始まる。

仏教のいくつもの儀式から着想を得て、再現し、バルタバスは燃え立つようで挑発的な場面を創りあげた。骸骨の衣装と怒りの仮面をつけて、三拍子駆歩で走る騎手たち。死者の仮面が鞍の握りに手をかける。馬たちは玉虫色に光る覆面をつけ、騎手は引きつった目の仮面で、平然とアクロバットを行う。『ルンタ』は、当初『サンサーラ』と題されていた。マントラでは、始まりも終わりもない宇宙での、再生と転生の美しい思想を物語る。人間の前世は植物であり、鉱物であり、動物、もちろん馬でもありうる。

禁欲的な『トリプティック』の後、バルタバスはこの作品に、初作品のキャバレーと同じく、ガチョウたちを呼び戻した。白い女性騎手が餌を与え、ガチョウたちは騎手に従順でありながらも、滑稽であることを忘れない。この比喩的な場面は、チベットの葬式を喚起させる。死者の体を切り刻み、ハゲ鷹に与える葬式である。ロバは青い悪魔を背に乗せて現れる。それぞれの場面は異邦の文化を自分のものにする手法であり、世界全体のイメージをかき混ぜ、国境のない祝祭とする。耳をそばだて、注意深く見ていると、とてもいきいきとしたアルゼンチン生まれのスペイン馬やアメリカのクォーター・ホースが、僧侶たちのうなり声やつぶやき声や、そして低く響きわたる声を聞いていることがわかる。馬たちも我々と同様、感動しているように見える。チベットの祈りが普遍になり、神聖な死と歓喜の生が対立する悲喜劇の奥で、俗界と神聖が融合し、洗練された芸術が原初の芸術と一緒になっていることに感動し、胸がしめつけられ、最後に心が落ちつくのを感じた。初めのところでは、パ・デコール[*1]やピルエットやピアッフェを見せるバルタバスが、少しずつ消えてゆく。最後には夢想から目覚め、消え去る。赤の縁飾りのついた長い黒のドレスを身につけ、複数音の調和や響き続ける最低音を心の中で聞いているバルタバスは、瞑想している若い聖職者のようだ。目立たないように、舞台を去るバルタバスのあとを追った。役者ならば楽屋に戻って休むところであろうが、彼は鞍から降りず、手綱を長く持って、テントの周りを歩き、休むことなくカラヴァジュやザンジバール、またはオリゾンテに、愛情ある祈りの言葉、感謝の言葉をささやいている。『ルンタ』は、舞台裏でも続いている。

偉大なスペクタクルは、会場を去ってすぐにそれだとわかる。魔法にかかったようで、同時に残酷な印象を残し、心の休まる場所と思える作品が偉大といえるだろう。そして、見てからずっと後になっても、はっきりと思い出しては、自分の記憶力に驚かされるような作品である。感動が心の中に住み着いている限り、作品が死んでしまうことはない。

翌日、午後の太陽が容赦なく照りつけるアヴィニョン市内で、私はバルタバスに再会した。彼は興奮して手が震えていた。その時でも、まだ公演ができないことを納得していなかった。その時、彼が泣くのを初めて見た。夢を壊され、信頼を裏切られた子どものようだった。

そして彼は、一年前に、ピナ・バウシュから強く励まされ、ダライ・ラマの了解を得て、亡命地に住むチベット人に会いに行ったことを話し始めた。それ以前に、その低く深い声を知り、失われた国との唯一のつながりがこの声であり、それがスペクタクルへ導く糸になると感じていた。インドの北東の端までいく前に、アルナチャル・プラデシュの武装地帯を通り、歩いてヒマラヤを登った。ギュートのタントラ教の僧侶に、三年間ジンガロへ招きたい主旨を理解してもらうための長い文章を前もって準備して行った。しかし、それを読むことはなかった。僧侶たちは学識豊かな仏教哲学者であり、彼は放浪の民であるが、ほとんど話さず理解し合い、話しを交わしたとしても、天気や空のこと、素晴らしい風景や、寺院が誇りとしている一頭の反芻属の牝牛のことくらいだった。たぶん、互いに沈黙の中で相手を見、共有するものがあることを瞬時に理解できたのであろう。それが、ジンガロとギュートを結びつけた。思想とは、ヒマラヤでは、不純なものでしかないこと。転生を信じること。馬は――仏教にとって馬は「自由の風」である――魂を持っていると信じていること。舞台上の演技者の邪魔になることを危惧して、僧侶たちはリハーサルの初めには、人を理想的な知覚状態に至らせ大地を震わせる音楽を、力強く演奏したがらなかったということだ。

『ルンタ』というチベットの夢は、アヴィニョンで最高潮を向かえる予定で、モスクワのモスコヴァ川の川辺にあるコロメンスコイ公園で初演された。トレーラーハウスを持って行けなかったので、団員は川岸の船で暮らして眠った。ロシア人は、バルタバスのスペクタクルを見たあとで、もう、いつ死んでもいい、と感激した。彼らは素晴らしい騎馬文化を誇っており、聖フロールやラヴルの祭りや、トロイカや、皇帝警護の軽騎兵や、狼や熊の狩猟をし、堂々たる馬種（オルロフ・トロッター種、アーカルテッケ種、カバルディヌ種）や、宮殿のような馬たちの墓所がある。ロシア時代の公認の画家スヴェルチェコフをテオフィル・ゴーティエは、アルフレッド・ドゥ・ドゥリューと同等であると評し、ゴーティエの聖書ともいえるトルストイの「ホルストメール」と同一視していた。トルストイは、馬には思考する力があると信じており、常に馬に乗り、冬でも夏と同じく、雪の中でも草原と同じく、そしてモスクワでも、イアスナイア・ポリアナにいるのと同じく馬を駆った。カール・ブーラが撮った見事な写真の中で、八〇歳のトルストイは、長い顎髭の司教のようだ。ステッキの代わりに細い白樺の枝を手に、森の散策から戻ってきたところであろう。濃い鹿毛馬は夕日を浴びて輝き、背に乗ったトルストイに似ている。馬と作家が写真に撮られ、その心に秘めた互いの愛情が写真に表れる。ツルゲーネフがある時、トルストイに言った。「あなたは、前世では馬だったに違いないですね」。この白黒の写真が転生の証拠になった。かつての皇帝の将校はルソーを信奉し、戦争を憂い、平和を熱望した。バルタバスも、同じく、前世は馬であったに違いない。そして、現生でも馬のままだ。

訳注

*1　パ・デコール（修練歩）　ピアッフェより軽く膝を上げた歩様。ピアッフェの練習のような歩様。

舞台裏

劇場の入り口にある木造の階段の下に人々は集まり足踏みしているけれど、階段の上では、珍妙なる行商人か侍従のバロンが口上を述べている。集まった人々の前で、このニーム出身の元骨董屋は演技をし、観客を叱りつけ、酔っぱらいの震える声で歌う。キャバレーを公演していた懐かしい時と同じで、舞台裏のスタッフにまで声をかけるのだ。劇場のずっと後ろでは、水槽のような灯りの馬場で、バルタバスが黙ったまま両手で調馬索[*1]を持ち、カラヴァジュを三歩様[*2]で動かしている。輪乗りの中央に立ち、聞いたこともないような優しい声でささやき、神秘的な言葉で呼びかける。昂揚させながら、同時に落ち着きを与える。神々の言葉だろうか。

観客は上にある周歩廊をぞろぞろ歩き、驚きの声を上げながらテントまでいく。周歩廊の下にある厩舎から、劇場を挟んで、まったく反対側に、待機用の馬場があり、ここがジンガロの楽屋、出演者の出入り口にもなっている。ここから、骸骨の衣装を着けた馬たちや、カーニバルの衣装の騎手たちが舞台へ入っていく。待機馬場は恐くなるほど静かで、宗教的な雰囲気がある。ここで開演を待つ出演者は興奮しておらず強がることもなく、練習を繰り返してもいない。曲馬師でさえ、礼拝堂の前で祈りを捧げる人のようだ。注意深く賢者の落ち着きを持って、舞台に上がる準備をしている。小声のミサのようだ。

以前、舞台裏は騒々しく、それぞれが緊張をほぐそうと大げさな身振りで、舞台に上がる前のオペラ歌手のように大声を張り上げ、図に乗ってへたなアカペラで怒鳴るように歌うこともあった。ピナ・バウシュのダンサーたちの舞台前のようすをバルタバスが見るまでは、そんな調子だった。ピナ・バウシュのダンサーたちは、踊る前に、踊ることはない。自分をすべて出す前は、自分の中に閉じこもる。身体を忘れ、瞑想しているように見えた。ちょっとした柔軟体操と、ゆっくりとした呼吸で十分であった。バルタバスは、自分の劇団の騎手たちに、ピナ・バウシュのダンサーを真似ることを要求し、動揺や興奮または不安といった感情を隠す術を学ぶよう要請した。

なぜなら、馬たちもダンサーであり、急かされることを好まない。筋肉を温めることだけが必要である。舞台での、ピアッフェやハーフパスの美しさは、舞台に出る前に、繊細にかつ忍耐強く、収縮ができるかどうかにかかっている。美には、前もって準備と愛情が必要だ。

冬の寒気が馬場に入ってくる。バルタバスは、日頃からロイヤルゼリーと蜂蜜酒を取ることで健康を維持している。セーターのフードをかぶらずに、首にマフラーを巻いているので、僧院の修道士のようだ。すぐそばの劇場テントに客が入り、そのざわめきが聞こえてくる。若い研修員のアンヌ・ロールが、調馬索を取り、カラヴァジュに鞍を乗せ大勒[3]をつけると、馬は二重の馬銜をまるで大きなあめ玉のように噛んで、面白そうにガチャガチャしゃぶる。バルタバスは静かに、のんびりとした動きで、すばらしい河原毛のアングロ・イスパノ・アラブ馬に跨る。まず、大勒の内作用が柔らかな小勒[4]を使い、カラヴァジュの頭を前方下へ伸ばして体をほぐす柔軟をさせ、もったいぶって少し待たせる。最後に、大勒の手綱を取ると、グルメットが締まり、カラヴァジュは騎手をより感じて、起揚する。収縮されて馬体が丸くなり、進んで練習に応じる。バルタバスは、「肩を内へ」をし、次にハーフパス、パッサージュ、パ・デコール、後退、そして、四肢を平行にそろえて停止する。馬が完璧にやってのけると、騎手は手綱を緩め、首すじを愛撫する。バルタバスは、態度で感謝を示すことへの出し惜しみはしない。常に多くを要求するが、感謝はその要求に見合っている。

　大きな木の扉の後ろに行くと、『ルンタ』は始まったところだ。地面が震え、足の裏で、地中がとどろくのを感じる。洞窟の中で響くような重たい声のチベット僧が、遠くにある霧の中の曳航船のような音を出す。カラヴァジュはますます収縮し丸くなり、堂々と輝く。ひっそりと入ってくる騎手たちで馬場が徐々に満たされても、彼らは馬だけに話しかける。

この舞台裏は、グランプリ障害の待機馬場かと思えるほどに静かで、頭をちょっとさげて互いに挨拶し、人と馬のカップルがほかのカップルと交差し、わずかにふれあい、そのままダンスになり、筋肉の塊の馬が何頭も入ってきて狭く感じる空間で、洗練された共存を作っている。バルタバスは馬上で横になって柔軟体操をしてから、ほかの人たちの邪魔にならない場所を見つけて、ひとりで収縮駆歩やパッサージュを試す。そして突然止める。毛皮のパーカーを脱ぐと、外気に上半身のなめらかな肌がさらされ、衣装係がゆったりとした舞台衣装を差し出すと、馬上で衣装を身につけ、閉じている劇場の扉へと進む。数分間、闇の中で待つ。冷静に、胴体は真っ直ぐで、頭は贖罪を受けるように傾けている。カラヴァジュは、ほんの少しも身動きしない。その大きな体が麻痺してしまったように見える。緊張しているのだろうか。これから、舞台に入っていくことを知っている。耳だけが反応し、チベットの悲痛な詩曲の拍子をとり、この声明の不思議な音楽を記憶していて、力強いラッパとシンバルを打つ音で呼び出される。その耳はすでに馬の耳ではなく、オーケストラの指揮者の手となった。初めの一歩を踏み出すその瞬間、扉が開き、香が匂う。そして、頭を高く上げたカラヴァジュが紗幕の半球ドームの中に、スターとして登場し、騎手がそれに従っているようだ。彼らの後ろで、扉が閉じる。

待機馬場では、アンヌ・ロールがすでに、バルタバスが次の場面で乗るクォーター・ホース、ザンジバールの準備を始める。馬を歩かせながら、子守歌を小さく口ずさむ。馬着の下で、馬は嬉しそうにうなっている。アンヌ・ロールは、赤毛の二十一歳で、動物のようなかわいい顔をしている。その目の中に、情熱と大胆さがある。いつになっても、聖域とも思えるオーベルヴィリエにいること、夢に最も近い所に自分がいることを驚いている。そして、座長から、世界で最も大事なもの、馬たちを預かる役目を任されていることに驚いている。グルノーブルに住み、馬に乗っていた。ジンガロが『ルンタ』を文化センター・カルゴで公演した時に、毎晩会場にいたくて、なんとかして潜り込んだ。バルタバスに、自分を一緒に連れて行って欲しいと頼み、馬たちの面倒をみるグルームになりたい願いを告げた。つまり、馬にブラシをかけ、ウォーミングアップをする役割だ。バルタバスは、最後に承諾した。しかし、鞍に乗る彼女を見てはいなかった。ただ、その動き方を観察しただけだ。人間も馬と同じく、見ることでバルタバスは信頼できるかどうかを決める。アンヌ・ロールはすべてを捨てて、二色のキャンピングカーに乗り込んだ。以来、雲の上に住んでいる、糞に囲まれて。

バルタバスが劇場から戻ってくる。手綱を長くし、馬場に入り、幸せそうだ。今夜の公演はうまくいっている。始まる前は緊張していた。今夜は、マチュー・リカールが客席にいる。リカールは、以前、分子生物学の博士であったが、改宗してネパールの僧院に入り、ダライ・ラマの公式なフランス語通訳となった。彼がデカルト派の哲学者、ジャン＝フランソワ・ルヴェルの息子であることをバルタバスに教えたが、ジャン＝フランソワ・ルヴェルが何者かを知らない。ロラン・バルトが何者かを知らなかったのと大差ない。最近、ロラン・バルトの短いテキストを偶然見つけ、彼は夢中になった。「僕のことを、信じていないだろう」と笑いながら話す。「あまり教養がないと言った時に、でも自分ひとりで勉強する性質だと何度も言ったよな。ちょっとでも興味を持てば、あとはすべてひとりで学ぶよ」。

カラヴァジュから下りて、馬を誉め、アンヌ・ロールに預け、衣装を脱ぎ、大きなセーターに手を通し、フードをかぶり、煙草に火をつけて、それから、美しい灰色のアメリカ馬、ザンジバールに乗り、歩かせながら、騎手たちを怒鳴りつける。「気をつけろ、出が早かった」、「引き綱に力を入れるな」、「僧侶の声にもっと合わせろ」。声は荒げない、だが、穏やかな権威を持って、ほんのわずかな部分まで直す。父性的な完璧主義者だ。一頭ずつ、あきれるほどスムーズに、そしてメトロノームのように正確に、アルゼンチン馬が厩舎から馬場に入ってきて、そして円形舞台へ出ていく。騎手たちは、最後の最後に、現代を一気に中世に変えるグロテスクでぞっとする仮面を着ける。それは、遙か昔、決闘に挑む騎士たちが兜の面頬を下げて、駆歩で戦いに挑んだことと似ていた。馬場の片隅から、私は、この男女の達人を見つめていた。観客に、名前も素性も経歴も知られることなく、変装して円形舞台に侵入し、さらに顔も見せず、身体と精神を芸術に、そしてジンガロとその座長にささげている。その謙虚さに感動し、その情熱に驚くばかりで、彼らの沈黙が私に語りかける。ラ・ブリュイエールが定義した謙虚の意味を思い出した。「謙虚とは、絵画の構図における影の長所である。影が強さと立体感を与える」。

片隅で、バルタバスがザンジバールと子どものように遊んでいる。馬をデリケートに抑制するハックモアの特性を楽しんでいる。ハックモアは口に金具を入れない馬銜で、カウボーイが馬を夢中で回転させることを可能にし、ジンガロでは三拍子駆歩から、一気に止まることを可能にしている。彼らは、見えない牡牛を相手に闘牛を始めた。その間に、アンヌ・ロールは、後退ピアッフェの名手、ルシタニア馬のオリゾンテを連れてくる。二つの場面の間に、バルタバスは、バルトのテキストを取りに自分のトレーラーハウスまで行き、これは君にぴったりだと、唇の端で笑いながら、私に差し出した。

「すべての動く映像のように、舞台芸術は刹那的なものである。見て楽しみ、そして、終わる。どんな方法を使っても、喜びのため、ある舞台上演を取り戻すことはできない。永遠に失うという、無のために、舞台公演を観る（快楽は計算に入れない）。しかし、ここに、予想外に無遠慮な書物があらわれ、この無に対して、記憶、知性、知識、文化によって補足する。ここで問われるのは、舞台作品に捧げられた書物は、永遠に残る巨大な塊として、死によって封印された喜びを、反対に忘れられないようにする。しかし、我々は、知識によって提示された再生を読むことはできるが、決してそれは舞台そのものではなく（書物は逆である）、もっとも痛ましい祝祭となる。――ロラン・バルト　一九七五年七月九日」

素晴らしいテキストである。バルタバスは、彼についての本を私が書いていることを確かに知っている。かすかに冷気が入ってくる馬場で、私に贈られたこの一文には、彼からのひそかなメッセージが、きわめて個人的に忍ばされていた。私が書いている本は、すでに彼の生きた演劇の仮の墓場であると。

訳注

*1　調馬索　調教時に使われる約六メートルの道具であり、これを使って輪線上で人が乗らずに行う運動のこと。

*2　三歩様　常歩、速歩、駆歩のこと。

*3　大勒　難しい運動の時につける頭絡で、馬銜が二つと下顎にグルメット（チェーン）が付いたもの。

*4　小勒　頭絡の種類で、基本運動等で一番多く使われる一般的な道具。

ヴェルサイユの女人作業部屋

この一年で、室内馬場のブロンド色の木壁は木目模様が濃くなり、リネンのジャケットも古び、ムラーノ製のシャンデリアの白い葉型のガラスに細かな埃が積もり、鳥の羽の形に似た鞍の黒い牛革はすべりやすくなっていた。厩舎の石畳もすでに古び、昼には、その上に、春の陽光が縦長の窓を射す。馬術スペクタクル・アカデミーは、ずっと昔から、ここにあるかのようだ。創設前は、本当に物足りなかったことだろう。数世紀を経た建物の中で、騎手たちの天使のような顔つきだけが、このアカデミーがとても若いことを教えてくれる。あの厳格なマントノン夫人が、貧しい貴族の子女たちに、欲望を押さえて、精神を向上させ、より高い地位を得るための自己放棄の必要を説き、最上の男性を得るためには、国王の前で演技し、自分を甘やかさず、進歩し続けることを教えた。あのサン・シールの乙女たちを思い起こさせる。

オーベルヴィリエにあるジンガロ劇場と同じように——オーベルヴィリエはどちらかといえば海賊船で、ヴェルサイユは女人作業部屋の趣であるが——騎手たちは大厩舎の丸天井の下に閉じこもり、音も立てず、媚も売らずに、馬の蹄をならしている。優雅な少年のような乙女たちは馬の世話をし、修道院の規則のように決められた時間割に従い、休みなく、与えられるさまざまな訓練を続けている。彼女たちがこの褐色の城から出るのは、ヴェルサイユの城門からほど近い、草の生えた空き地にある野菜畑の周りの、新しいモービル・ホームを並べた小さな村へ戻る時だけだ。整理が行き届いていて、花にあふれているモービル・ホームはロール・ギョームの家で、このお姫様は小さなフランス庭園に、季節ごとの花を咲かせている。古い緑と赤に塗られた二台のキャンピングカーが、この野営地が馬の主君バルタバスの領地であることを示している。バス・ターミナルと市営キャンプ場の間に設けられたこの野営地でなら、喜んで最期の日を迎えるだろうと馬の主君は言い出すかもしれない。この村の乙女たちは、厳格であることを誓っている。だが貞節の誓いはせず。うらやましい環境の中で、馬を大いに走らせ、ここで疲れた身体を休ませる。

性別が男なのは、エマニュエル・ダルデンヌだけだ。兵役中、共和国親衛隊の馬にブラシをかけ、調教をして過ごしたためか、貴婦人に忠実に使える騎士の雰囲気を持っている。今やご婦人方が支配的な馬術界で、自分が傑出していることは嫌ではない。乙女は一〇人いる。ロール・ギョームとレティシア・ルトゥルヌールはジンガロから来た。すでに知られた存在である。オーベルヴィリエのテントの下では無名であり、大厩舎の馬場では正騎手として輝いている。騎手はみんな三〇歳以下で、生徒たちは、ヴィオレーヌ・ラロッシュ、数学修士号所持者。オルガ・バクチェイヴァ・グリゴリエヴナ、シベリア出身の獣医師。

ダナ・イシイ、ハワイ生まれで、母はコーカサス人、父は日本人。ミカエラ・ソラティ、フィンランドからやって来た。メリー・フィリッポは、シャンティ馬博物館にいた。マリー・レスナールとクレール・フリオールは、馬術指導員の資格所持者。エマニュエル・サンティニも忘れてはならない。二十五歳、一メートル六〇、グリーンの瞳とミルクを思わせる白い歯の持ち主。

サヴォワ出身の辛辣なエマニュエル・サンティニは、馬術スペクタクル・アカデミーに入ることになろうとは、思いもよらぬことだった。しかし、馬を愛する思いは、幼い頃から持っていた。生まれつきの科学者で、国立高等鉱業学校を卒業し、エンジニアとして輝く未来が約束されていた。バルタバスの名前と、それに伴う高い名声は聞き知っていた。しかし、作品はテレビでしか見たことがなかった。二〇〇二年のある日、インターネット検索をしていたエマニュエル、通称マニュは、アカデミー創設の案内と、大々的な生徒の募集を偶然見つけた。戦慄。鳥肌が立つ。そして、身体の中から、わけのわからない欲求が沸き上がる。三か月間、セーヌ・エ・マルヌの馬場で過ごし、自分の技術レベルをあげて、ビデオをバルタバスに送り、選ばれた。一年後、ルシタニア馬レホネオ、アルゼンチン馬リュゼ、クォーター・ホース、シャンパーニュの騎手となり、大きな情熱を持って生きる機会を与えてくれた運命に感謝している。彼女は、曇りガラスに囲まれたオフィスで仕事をする代わりに、太陽王の厩舎で芸術家となる特権を手にしたのだ。完全な芸術家となるために、各科目によって、馬術の能力が高まっていることを確かに感じている。ダンスによって、日頃行っている馬の体操をより理解できるようになった。デッサンを習うことで、馬たちの巧妙な体型を一目で分析できるようになった。歌う呼吸は鞍の上での自信を深め、フェンシングは反射神経を鍛え、敏捷さを教えてくれた。すべての芸術と科学が一緒になって、仕事と人生に垣根のない一党に属すようになったと言う。若くして人間社会を離れ馬の世界に入り、いきなり共和国の最高水準の教育から、王立の伝統を残す高等教育へ移動し、時には恐れを感じながらも、その恐れの中に不思議な喜びが少しずつ混ざり、少しずつ社会と隔絶し、社会を馬房から柵越しに見るようになった。自分の馬たちによく似てきた。外からはわからないが、肩に筋肉がつき、草原を走る味を忘れた。バルタバスは、騎手たちのようすを見るために時おりヴェルサイユを訪れるが、彼女としてはもっと頻繁に来てもらいたい。バルタバスの瞳の中に、そして見せてくれる演技の中に、この不可思議で魅惑的な尊い職業にすべてを捧げるべき、今以上の理由を求めている。

エマニュエルとは対称的に、丁寧に化粧をし、アンダルシア馬のように頭を上げる、モデルのようなスタイルのロール・ギョームは、疑いを持っていない。確かに、ロールはアカデミーの中で最年長であるだけでなく、ジンガロでの十四年の経験がある。アルデッシュ県のギョローで生まれ、映画の仕事を志していたが、一九八九年にバルタバスのもとを訪れた。その直前に、バルタバスがテレビに出演したのを見て、馬のことを語る狂信的とも思える話しぶりに圧倒されたのだ。ロールの経歴は典型的である。まず、劇場テントが建ったばかりのオーベルヴィリエで、厩務係として雇われる。長い間、寒い時も夜も、馬房を掃除し、干し草を運び、馬房に藁を敷いた。不満はなかった。この馬術の基本である肉体労働は嫌ではなかったし、じめじめして汚れた下働きの先に、騎馬演劇が待っていることをむしろ喜んでいた。その後、バルタバスの馬係となった。待機馬場で、バルタバスが舞台で乗る前に、特にキホーテやヴィネグルなどの馬を準備し、ウォーミングアップさせ、屈撓する係りであった。この仕事をしながら多くのことを学んだ。そして、ついに、神聖な舞台に上がることを許可される。それは、『シメール』の舞台である。夢が叶う。長い間、熊手を扱っていたそのか細い手が、今度はまれな繊細さで手綱を取り、鞭を持った。『エクリプス』と『トリプティック』にも出演し、ニューヨークやモスクワへ行った。バルタバスからアカデミー開設の話を聞いて、一瞬たりとも躊躇いはしなかった。それは、ロールにとって、より完璧な技を磨き、独自な何かを見つけるチャンスであった。

ロールが言うには、オーベルヴィリエでは、自分を捨てないと存在できない。楽屋を一歩出れば、観客の誰ひとりとして、彼女がジンガロのアーティストだということを知らない。反対に、ヴェルサイユでは、馬から下りると、赤いカーペットの廊下で人が待っていて、称賛を受け、いろいろと質問される。騎手には、自尊心が必要だ。自尊心によって、背筋がまた真っ直ぐになる。また、ヴェルサイユでは、ロール・ギョームは主導権を取ることができる。オーベルヴィリエでは想像することさえなかったことだ。新しいルプリーズ・ミュージカルの中で、騎手がひとつの音階を、初めは別々に発声し、徐々に声が混ざってコーラスとなり、その間、軽速歩で駆ける場面は彼女のアイデアである。生徒が、恩師を驚かせた、ひとつの好例であろう。

この騎馬パレードは、アカデミーの一周年を記念して作られ、騎手たちは自分のルシタニア馬を軽快に乗りこなす。それだけでなく、若いアルゼンチン産の鼠灰色のスペイン馬の背に乗り、三歩様を操りながらフェンシングを行い、荒々しく剣を打ち合う。サーベルがあたる音と、馬銜のカチカチ鳴る音が響き合い、その音は遠くからわずかに聞こえるバッハのソナタの調べに合う。そのうえ、鉄柵の後ろの「打て」「押せ」「突け」「引け」と命令するソプラノの声がリズムを刻み出す。輪乗りで馬を進め、とどめを刺し、反撃し、降伏し、マスクをかぶった少女たちは互いに挑み、立ち向かい、楽しみ、観客の心をとらえる。なぜなら、この戦いと愛情のスペクタクルは、観客を楽しませるために彼女たちがひとつになって作ったバレエなのだ。

しかし、ハーフパス、パッサージュ、スペイン常歩、正確な四人のカドリール、柔らかな蛇乗、そしてロング・レーンなどに続けて、躍乗で、ルバード[*1]、クールベット、カブリオール——これらの古典的な訓練を演じることで、生徒たちはアカデミーの馬場馬術が十分なレベルに達していることを明らかにしてみせる。この素晴らしい女性騎手たちを、ここマンサールの館で、ソミュールの黒い男性騎手たちと一緒にすることを夢見てしまう。違った形のルプリーズ・ミュージカルで、芦毛で青い目のルシタニアに乗ったブロンドの乙女たちと、鹿毛の暗い目をしたセル・フランセに乗る痩せた少年たちが、乗馬ブーツを隣り合わせて、手綱を離した振りの繊細な常歩の練習を見せてくれることを夢見ている。ラ・ゲリニエールの理論の弟子たる乙女と、ロット将軍の貴重な遺産を引き継ぐ隊員たち。調和を求める者と、化身となる者。情熱的に求めている者と、謙虚さから未だ見つけていない振りをする者。

歴史に残るようなことを目指しているわけでなく、人と馬の関係を見せることだけを目指していると、バルタバスは繰り返し言っている。オーベルヴィリエで目標を達し、ヴェルサイユで証明している。特に、イザベル・ドゥ・パディラックが指導する頭を高く上げ、肩を落としてという基本を繰り返す早朝練習は、見物人の目の前で行うことで、より一層の成長を促している。

毎日、謙虚にかつ誇り高く、少なくとも二時間は、馬と話をすることが課されており、このことによって、収縮がよくできるようになる。この情景は内面的なものであるが、気品にあふれ、感動してしまう。時おり、バルタバスは、馬場にその海賊面で大急ぎでやって来る。自分のイメージを保って、ちょっとは怒鳴りつける。本当は喜んでいるのだ。ここに花が咲くのを見に来るのだと言う。生徒たちが、いつの間にかアカデミーでわが物顔にふるまっていることに感動しているのだ。ロールを例に取ると、オーベルヴィリエではとても控え目だった彼女だが、ヴェルサイユではひとり立ちしている。

全員が、バルタバスに対して敬語を使って話す。彼のほうは、なんの分け隔てもしていない。彼女たちから寄せられる敬意や、おどおどした質問にふれ、年を取った気分になる。バルタバスのほうから友人と思っているわけではないが、支配者として、また指導者として扱われていることにも気がついている。質問されて、何も知らないが、馬だけが教えてくれると、何度も答えてみた。誰もそれを信じない。忠告しているのは、急がないこと、急に進歩しても休まないこと、ルプリーズ・ミュージカルがもたらした成功を当てにしないこと。彼女たちにこうして話をしていると、録音テープが再生されているわけでもないのに、ボーシェーの金言やオリヴェイラの命令が、丸天井から聞こえてくるように思える。彼女たちは真剣に話を聞き、それを思い出しながら、明日、クープランの調べにのって、ピアッフェをするかもしれない。

馬から学んだ言葉にならないことなどは、これから花を咲かせる騎手たちが再現するだろう。彼女たちは黙ったままで学んでいくだろう。ヴェルサイユでは、時間が止まっているようだ。馬術スペクタクル・アカデミーは、冬は暖かく夏は涼しく、聖堂のようだ。時おり笑い声が沸き上がる。まばゆい乙女たちの笑い声は、馬の背で送るこれからの人生そのものであろう。

訳注

*1　ルバード　前肢、後肢を交互に跳躍する技。

思い出の馬たち

キホーテのことを思い出す。バルタバスは、「キショット」と呼んでいた。漆黒の青毛のオルティゴン・コスタ種の牡馬で、ラグビー選手の腰を持ち、貴族のように頭を上げていた。バルタバスは、この馬を三万フランで、マニュエル＝ジョルジュ・デ・オリヴェイラから買い取った。デ・オリヴェイラの気に入らない馬で、理解できず、闘牛には冷淡すぎるから手放したがっていた（馬が放っておかれ、軽蔑され、侮蔑され、屠殺場送りになるよりは、完璧な一級品に興味のないバルタバスに気に入られてよかった）。キホーテは、その時すでに、五歳になっていて、矛盾した性格をしていた。才能を引き出してもらい、馬の王となるために誉められることを待っていた。馬房にいるとすぐ怒りだし、舞台の上では輝いた。速歩は生彩なく、駆歩でいきいきする。苦もなく胸を反らし、すぐに収縮できた。後肢を後躯の下に入れて、ヌーノ・オリヴェイラへ捧げるポーズになると、しっぽが脚の間に入ってしまい、モーターボートに似てしまった。臀部は水の中、頭は空の中。ジュネーヴでの公演中、バルタバスは運よく、天使からの授かり物のようなこの馬の才能を発見する。ピアッフェやルバードができ、信地駆歩から後退駆歩のできる素質を発見した。数世紀前から、この形は、馬術演技する騎手たちの羨望の的であった。馬にやる気があるだけに、調教にもより熱がこもり、馬はお礼にもっと上手にやってみせる。すると、ご主人は鞍をすぐにはずして、ちょっと撫でて、自由にしてやった。『騎馬キャバレーⅢ』から『エクリプス』までに出演し、その間には『ジェリコー・マゼッパ伝説』もあった。映画を撮影したパン国立種馬牧場の係官は、それまで嫌になるほど馬を見てきたけれど、キホーテの後退駆歩には思わず息をのみ、以来伝説の馬となった。『エクリプス』が終わり、ジンガロが亡くなったあとで、ヴィネーグル、ラトソ、フェリックスと同時に、キホーテも引退した。草原では、喝采がなくて寂しいだろうが、雲の下で、お得意のポーズを取っているだろう。

ジンガロをもちろん覚えている。この馬が人間のように見えることに、私は動転し、時には怒りを覚えた。けれども、この不格好で毛深く、半分ダンディで半分チンピラの大男が本当に馬だったのか、今になってもわからない。それほど人間的で、役者だった。怒り狂うようすをマイムで演じ、目をぐるっと回し顔をしかめてみせたり、バルタバスとふざけるためにしゃがんでみたり。そして後年は瞑想し、夢想し、腰を左右に振って喜び、涙を流さずに泣いた。そのうえ、リハーサルと本番の違いをはっきり理解していて、リハーサルの時は、のんびりと構えて手抜きをする。だが、本番では、まったく逆におおげさな演技をした。人間でなくても、人間との混合種か何かだろうか。少なくとも、遙か昔の誠実で勇敢で忍耐強い騎士の生まれ変わりだろう。そして、ジンガロの眼に現われた衝撃と、驚いて傾けた頭を私は忘れないだろう。『シメール』の頃から、からいばりする勝ち誇ったマッチョぶりをやたらと気取っていたバルタバスが、突然、女性的なエネルギーや宗教的な穏やかさを放つようになった。ジンガロは、遊び友だちをなくしたけれど、聴罪司祭を得たように思える。それから、この美しいフリージアンが死んで数か月経った時に、バルタバスが小声で打ち明けてくれたことは、ずっと記憶に残るだろう。「わかるかなぁ、自分の子どもみたいな奴だった。新しい目標を見つけないとなぁ……」。そう、あれは欲望という名の馬だった。

ミチャ・フィガのことを思い出す。半分イチジクという意味で、それも果汁の多いイチジクだ。繊細すぎるほど繊細な小さなアラブ馬で、その金色の毛色はきらきら光り、光を大事に毛の中に留めていた。馬主であった食料品店主の店の地下室でくさっているこの馬をバルタバスが初めて見た時、馬は耳をあらゆる方向に動かした。それはマリオネットを操る、人形使いの手のような動き方だった。その動く耳のおかげで、買い取ってもらえた。ミチャ・フィガは、女性を誘惑し、同じく、男性の気持ちも揺るがすほどの魅力を振りまいた。生まれつきのプレイ・ボーイ。馬版ハンフリー・ボガードは、イタリア人のように体を揺すりながら歩いた。『シメール』での、インド人ダンサーとの官能的なデュオは、唖然とするほどエロティックだった。

ドラシを思い出す。このスペインとアラブが混ざったルシタニア馬は、騎馬キャバレーのシリーズ三作品で、槍を手にした闘牛士の騎乗を見せた。昔からのダンサー気質で、朝は気むずかしくて、昼はまあまあなんとか、夜になれば、舞台の砂の上をウナギよろしく右に左に動き回った。草原に放たれて、そして亡くなった。心臓が止まったのだ。偉大なアーティストの最大の弱点は、身体だった。

鹿毛の美しいアレニエを思い出す。『シメール』の冒頭のシーンで不滅の馬となる。ポルトガルのジャンディラ飼育牧場で育ったこのアングロ・イスパノ・アラブは、かつて闘牛士マリー・サラが乗っていた馬だ。現代にあっても、狩りをする野獣のような衝動を持った馬で、身をかわす芸術的な技に優れていて、ちょっとした機会があれば、大跳躍を見せてくれた。しかし、いざ公演となると、ロング・ジャンパーは模範的で賢い馬となり、僧侶の厳格さを身につけた。間違いなく、これまでで最も不思議な馬の一頭であろう。

レイトン・リージェントを思い出す。この一トンはあるシャイアーは、一九八五年にトゥーロンで買われ、今では劇団の最古参馬となり、いつでも冷静沈着だ。中世に英国で馬上槍試合で駆歩した軍馬の血筋を引き継ぎ、従兄弟にあたるドイツ馬は、今もなお、決まった時間にビール樽をロンドンのパブに運んでいる。レイトン・リージェントからは、ホップの香りや、湿ったツィードや革の香りが漂ってくる。二メートルの鬐甲の上から人をじろじろ眺め、その肩は黒い。球節から蹄冠に白い毛があるので、スキーをしてきたばかりのように見える。キャバレーの公演では、スイス衛兵のようなもったいぶった表情で、霊柩車を引いていた。その広い背をアクロバットに提供し、一度に五人を背に乗せても、嫌がりもせず、疲れも見せなかった。愛想がよく、親切である。『トリプティック』の中では、砂の舞台を入念に馬鍬でならして、まるでジャガイモ畑の畝を作るために鍬を引いていた祖先を思い出したようだった。今では二十歳になり、老いた哲学者ソクラテスである。変わらず疲れを見せず、引退したがらず、ヴェルサイユの砂の上を、小さなアキムを引き連れて闊歩している。ミニチュア・ホース・ファラベラのアキムは、犬と同じくらいの大きさで、体高が七十センチ。この種は、インドの小型馬や純血種と、シェットランド・ポニーの雌馬を交配して生まれた。馬術スペクタクル・アカデミーの新しい作品では、真っ赤なドレスの歌手が鞍なしのレイトン・リージェントに跨り、ヘンデルの曲をアカペラで歌いながら、何気ないようすで、離れながら遅れてついてくるアキムを長い手綱で連れ歩く。ルイ十四世の宮殿のローレルとハーディだ。

ロートレックを思い出す。鹿毛のルシタニアの繊細でエレガントなその頭は、ボッティチェルリが描いた聖母の顔を思わせる。のびのびと速歩で駆ける姿は、地面を蹴っていないようだ。『シメール』では唇を鳴らしていた。馬房でも、尽きることのない内緒話を繰り返しているだろう。本当に、物語を語っているのではないかと思ってしまう。秘密の日記作家だろうか。

ヴィネーグルを思い出す。ヒステリックなポルトガル馬で、バルタバスがボルドーで見つけて、その不良少年風の歩き方が気に入って買った。その時七歳で、灰色っぽい芦毛で、後躯が短く、足が弱くて、血の気が多い。オーベルヴィリエにいる馬たちみんなに飛びかかり噛もうとして、そのあげくに、自分の馬房の柵にまで飛びかかっていた。ひとり芝居で大騒ぎしていたものだが、その後、大人しくなった。『ジェリコー・マゼッパ伝説』では、ものぐさそうな馬になっていた。バルタバスは、よく手綱を腰に巻いてこの馬に乗り、その長い腕で宙に巧みなアラベスク模様を描いた。二人は、誰も知らないフラメンコを踊るカップルだった。

ラトソを思い出す。『キャバレー』の最後の場面で、交配の振りをした牡馬だ。そして相棒のフェリックスは、ノーフォーク・トロッターとアラブの血を引く、黒いハクニーである。小型だけれど攻撃的で、三歳の時に買われ、とても華奢な足で、表情たっぷりの目をして、バルタバスの周りを蔦がからみつくように巻き付き、人参を見せないと離れなかった。

オリゾンテを思い出す。『エクリプス』の直前に、劇団にやって来た。その誰にも真似できないパッサージュは、バルタバスを大いに歓ばせた。グスタフ・シュタインプレシュトが言った「浮遊する速歩」を見事に表現した。『トリプティック』の最後、ストラヴィンスキーの音楽が途絶えたところで、この灰色の牡馬が現れた。影から現れる騎手と馬のコンビは、赤い土の小山にゆっくりと上がり、その頂上で、静寂につつまれてピアッフェからピルエットを見せた。馬のしゃがれた声と、馬銜のカチカチとリズムを刻む音だけが、聞こえるただひとつの音楽だった。騎手は首筋を愛撫し、優しく感謝を伝えた。そして、今でもパリ郊外で、聖なる鐘を響かせている。

カラヴァジュを思い出す。河原色のアングロ・イスパノ・アラブ種。この素晴らしい血統を持った馬は、慢性で原因不明の身体障害を抱えていた。何人もの獣医が呼ばれたけれど、無駄だった。馬整体師のドミニク・ジニオーだけが、ようやく睾丸の奇形を発見した。

去勢したことで、カラヴァジュは貫禄を失ったけれど、反対に敏捷さや熟した丸みを獲得し、導かれ、後退ピアッフェまでもができるようになった。

ザンジバールを思い出す。バルタバスが、独楽のように回したクォーター・ホースだ。ジンガロに初めて採用された西部劇やロデオ出身の馬である。祖先は、十七世紀にヴァージニアで生まれた。その浮き出た動脈には、アンダルシアと英国の血が流れている。クォーター・ホース性質は、広い平原を牛の群を守って旅する馬だけれど、ザンジバールはオーベルヴィリエの狭い劇場にすぐに慣れ、すばやくスピードを上げて、細かく回転する。まるでガゼルやジャガーの血筋も混ざっているかのようだ。粗野なカウボーイから古典馬術の後継者となった誇りが、幾度もその眼の奥に輝いたのを見た。

パントゥルシュを思い出す。濃い鹿毛のサラブレッドは、国立種馬牧場からバルタバスに預けられた馬だった。難しい馬で、多少、閉所恐怖症の気があり、テントの中で、競馬場の歓喜に酔えないことを悔やんでいるようだった。その華奢な背に乗った騎手は、かつてジョッキーであった自分を思い出していた。マルテックスは、自分の秘密をこの馬に打ち明けるかのように何年間も訓練した。「こいつの上なら、何時間でも乗っていられる。挑戦なんだ」。ヌーノ・オリヴェイラは、この挑戦のことを別の言い方で、すでに語っていた。「馬術とは、観客の前での成功を求めるものでも、拍手を得たあとの自己満足でもなく、馬と一対一での会話であり、合意しながら、完璧を求めるものである」。

そして、私は思い出す、すべての馬たちを。デジャン、ジタン、バランシーヌ、ソル・ドア、ゾルバ、スワン、ゼレス、コッピ、マゼッパ、ファリネリ、イスタンブール、ピカソ、モザール、ラルーク、スルタン、ヌレエフ、ダリ、ドミノ、リファール、オルロフたち。それだけでなく、ジンガロにいたすべての馬たち、たとえ名前や馬種、経歴を忘れていても、私の頭の中で駆歩を止めることはない。ほとんどの馬は、たいして高くない値段で買い取られた。ジンガロについたときは、みんなどこかおかしなところがあった。多くはバランスを欠いてぎこちなく、手入れもされておらず、冬毛が長く伸びたままであり、眼の奥に哀しみがあふれていた。ここにいる人間たちが、どん底から劇団によって助けられ、呼び起こされたのと同じである。バルタバスは痩せた馬に名前を与え、老いた馬を落ち着かせ、再び誇りを与えた。調教師でなく、「再」調教師である。見た目が不格好なことは無視して、その性質のみに関心を抱く。シュタインプレシュトが十九世紀半ばに書いた。「何よりも重要なことは、馬の倫理的な性質を理解することである。騎乗する馬の気質を正しく評価し、性格をはっきりと見抜くことが重要である」。人が馬を称賛するたび、劇団の座長は声を上げて笑う。なぜなら、バルタバスは常に馬たちを誘いかけるけれど、決して強制はせず、それによって美しさを作り出している。その報酬として現れる美を、まず彼が、次に観客が目の当たりにするのだが、その瞬間が来るまで、辛抱強く待っているのは、ほかでもない彼自身なのだ。バルタバスは自分の馬たちを見せびらかすことはなく、馬たちとの関係をスペクタクルのひとつ一つで見せる。猛獣使いではなく、感動を彫刻している。

バルタバスは愛した馬をすべて覚えており、それぞれの馬は互いにまったく似たところがなかったという。狂気の眼をしたサラブレッドを子どもの時に称賛し、オートゥィユの芝生を駆け巡った。その後、セル・フランセで、ブローニュの森で障害を飛ぶことを知り、ポルトガル馬やアンダルシア馬に跨り、闘牛場で牛に果敢に立ち向かった。シャンデリアや舞台照明の下、馬たちが世代交代を繰り返す中、バルタバスは一〇〇頭以上の馬たちの頭を愛撫し、背に乗り、脇を絞った。人馬一体となっても、彼は満足することなく、まだ出会っていない、是非とも出会いたい馬たちのことを考えている。名前もない子馬たちの心を見抜き、その首を上げさせて、オーベルヴィリエやヴェルサイユで、人々に覚えられる毅然とした馬になるよう導くであろう。

ボイス・オブ・ムーン

今、再び春が巡り来て、トスカーナ地方の金色に輝き泡立つ海から、春の光をずっと北まで運んでくる。森は、まだやせ衰えて寒々しいけれど、冬の間に縮こまり、身をひそめていたすべてのものが再び動きだす。森には、蜂蜜と樹皮の香りが漂い始める。オーバックに、長手綱で跨り、地面をおおう枯葉の絨毯の下に隠れている小さな黄水仙を踏みつぶさないよう、気をつけながら森の中を歩く。時おり、オーバックが口先をぱっと動かして、揺れる小枝をくわえ、その先の芽を吹いたばかりの透明な緑の葉を味わう。そして、私のほうを嬉しそうに振り返る。遠乗り用のハックモアをつけているだけだ。この馬銜だとくつわに邪魔されず、馬本来のバランスで進めるだけでなく、食い意地の張った馬が口いっぱいに葉っぱを頬ばることができる。こうして、急がず、時間を忘れて森を散策し、田園のほうへと、農地から乳牛の放牧場に沿って小川まで行き、時には道なき道を進み、切り立った山道を通れば、遠くから死者たちの記念碑を囲む、村の古びた鐘のまどろんだ音が鳴り響いてくる。

オーバックと遠乗りに行くたびに、モンテーニュの言葉を思い出す。「馬上ほど、対話があるところはない」。そう、この馬の鞍の上で、私は本を空想して書いている。書斎では、それを書き写すだけのことだ。馬上で、文章にぴったりの歩様を探し、思い出し、収集する。文学は馬と語り合ったことの褒美のようなもので、時には馬も私を認めてくれる。情け容赦のない馬術から、人生のいくつかの原則を学び、孤独でありながらも、鞍を介して、しっかりとした友情を、相手が男友達であれ女友達であれ、築いてきたつもりだ。

突然、気づいた。分かちあう情熱を持ちながら、バルタバスと一緒に馬を走らせたことは、一度もないではないか。初めて出会ってから、バルタバスを見るのは、いつもローアングルばかりだ。彼は馬の上、私は下。彼は光の中、私は影の中。この位置取りが当たり前で、居心地がよい。人を描くことは好きだが、自分がモデルとなった肖像は好きではない。とはいえ、この本に描かれた絵と、そのモデルをへだてるのは距離ではなく、朝の速歩のリズムの中で了解しあった共犯意識の中にある。いつものように、ひとりでオーバックに乗って出かけ、田園地帯をいろいろ見てまわると、フォールクの草原では大きな鷹が飛び立つ。そんな時、バルタバスが、もしくはマルテックスかクレモンが私の側にいて、一緒に馬を並べて、道を進んでいるように思えてくる。馬の首筋の向こうから胸の内を打ち明ける。それからきっと、牧草の束にかかっているシートがバタバタと音を立てたり、リスが木の幹に飛びついたりしただけで、私たちの繊細な馬がぎょっとして恐がることがおかしくて、声を上げて笑い合うだろう。いつのまにか、駆歩に合わせて子どもの頃の思い出がよみがえり、時にはバルタバスの眼が潤むけれど、それは北風のせいか、冬の寒さのせいであろう。道の先で、散策は終わり、ふと彼も消える。ずっと遠く、コルメイユか、モスクワかボンベイに、砂埃の雲の向こうに消えてしまう。オーバックは高い所にある葉っぱを食べようと立ち止まり、禁止されたシダの葉をカチカチと音をさせてかじっている。バルタバスは振り返らず、人々の手からも逃れることを恐れず、後悔することで時間を無駄にすることもなく、夢のその先まで、行ってしまう。だが、私はその場にいる。

私たちは八か月違いの同い年だから、七〇年代の初め、カルティエ・ラタンの実験芸術映画館か、彼のアルザス学校と私が通ったアンリ四世高校のどちらからも近かったリュクサンブール公園かどこかですれ違っていても不思議はない。もしくは、同じ夜に市立劇場で『イタリアの麦藁帽子』を観て感激したかもしれないし、レイモン・ドゥヴォスに拍手を送ったかもしれない。私の父がシュヴルーズでなく、ブローニュで乗馬をしていればよかったのに。シュヴルーズで、私は人生を知り、クレモンはブローニュで運命に出会った。私は分別くさく、彼は無分別だった（フランコーニが勧めたように「無分別になれ、しかし馬が望まないことはするな。師匠には逆らえ、だが馬には逆らうな」）。私は自分の身を守り、彼は冒険に身を投じた。私はあらゆる人の話を聞き、彼は自分自身だけを聞いた。

私は時代と手を結び、彼は拒否した。私は詰め込み、彼は荷を下ろした。私は過去を整理し並べ、彼は未来を舞台の上に見つけた。双子の兄が亡くなって以来、時が限られていると私は確信し、彼はいつでも永遠に生き続けると思っている。私はとても早い時期に落ち着くことが必要だったが、彼はとても早い時期に放浪が自分の生活だと知った。私は精神性から遠くにいて、彼はどんどん神聖なるものに近づいていく。私は真実が書籍の中にあると信じ、彼は言葉でなく行動を、文章でなく映像を選んだ。私はこの世界を変えたいと限りなく望み、彼は自分のやり方で世界を作る希望を諦めない。私は馬たちと折り合いをつけるのに時間がかかったが、彼は子どもの時からすでに人間より馬といるほうが気楽だった。馬によって私の人生は変わり、彼の人生は馬によって作られた。私は演劇を素晴らしいエンターテイメントとして愛した。彼にとっての演劇は人間に残された最大の冒険のひとつで、３Ｄ映画が舞台に取って変わろうとしている現代でも、演劇が人生を捧げる価値のあるものと思っている。彼の人生のすべてである。

ある夜、ジンガロ劇場の向かいにある、天井の梁が見えるパーティ向けの豪華なレストラン、ラ・フェルム・ドーリヤックで一緒に食事をした。その時、バルタバスは、きちんとした文章が書けるならば、こんなことを書いてみたいと言いながら、ある手紙を差し出した。私から見れば、彼に文才がないとしても、馬場のおがくずの上に不思議な象形文字を日々描き、野外馬場の砂で神秘的な曲の五線譜を日々書き、そして消していると思える。彼が何も言い添えずに差しだしたのは、ライナー＝マリア・リルケが、ルー・アンドレアス＝サロメに書き送った手紙だった。

「私はその発端まで、あらゆる道を逆戻りしてゆこうと思います。私がいままでに作ったものはすべて、何ものでもなかった筈です。敷居を掃いても、次のお客がまた道の泥をはこんでくるような、そんな掃除よりももっとはかないものであった筈です。私は何世紀も待つ忍耐を私のなかにもっています。そして私の時が非常に永いものであるかのように、生きてゆきたいと思っています。私はあらゆる放心から自分を集めたいと思っています。そしてあまりにも早すぎる適用から私のものを取りもどして、それを貯えていたいと思います。けれども私には人々の好意ある声が聞え、近づいてくる足音が聞えます。すると私の扉はもう開いてしまうのです……そして私が人々を探し求めると、彼らは私に助言もしてくれず、私が思っていることを分ってもくれません……それから書物に対しても、私は同じようです（まったく困惑しています）。書物もやはり私を助けてはくれないのです。まるで彼らもまだあまりに人間であるかのように。……ただ、物だけが私に語りかけてくれるのです。ロダンの物、ゴティックのカテドラルにある物――完全な物になっているこうしたすべての物が。それらは私に模範をさし示し、単純に、なんの説明もなく、物への動因として見られた、生き生きと動いている世界をさし示してくれました。私は新しいものを見はじめています。すでに私にとっていろいろな花がしばしば限りなく重大なものとなり、動物たちからも私は不思議な刺戟をうけました。それから人々をも私は時おりそういうふうに経験しています。どこかで手が生きており、口が語っています。そして私はすべてをいままでより落ち着いて、より正しく見ているのです」

バルタバスと私は、それぞれに、立派な速歩で五〇歳へ駆けていく。私の過去を振り返ると、コンクリートブロックのように日々が固まった年代記を見出す。しかし、彼のこれまで通ってきた道を振り返れば、その伝記はその作品の中で消え去り、舞台芸術やともに歩む馬が作った文明以前のもっと遙かに遠い蒼古の霧のかかった歴史の中に、彼の歴史が見つかるだろう。

バルタバスは、決してクレセン・マルティの現在の姿ではなく、我々の姿でもありえない。明日、彼がこの世界から消えしまうかもしれない。そうなったとき、本当に彼が生きていたのかわからなくなるだろう。黄昏に現れた空気の精のように消え、麦畑の上の雲のように逃げ去り、昼の太陽に目が眩んだ渡り鳥のように飛び去り、若死にする馬のように駆け抜ける、――そんなふうに、この世界を一瞬のうちに通り過ぎたことに満足したのか、彼に訊ねたくなるだろう。彼の存在を証明するため、戸籍謄本をめくり、証人を呼び出し、手がかりや証拠を探しても、それは彼自身とは似ても似つかぬものでしかない。この並はずれた芸術家は、一時《いっとき》、我々のところを通り過ぎるだけなのだ。

一方の魔術師は、『シメール』、『エクリプス』、『トリプティック』、『ルンタ』を残し、もういっぽうは『フェリーニのアマルコルド』、『オーケストラ・リハーサル』、『女の都』、『そして船は行く』、『ボイス・オブ・ムーン』を与えてくれた。フランソワ・トリュフォーは、フェリーニのことを「偉大なる映像作家」と尊敬しつつ、物語性の欠如を批判する。まさにその点、物語ることを拒否する点において、このイタリアの映画作家は選ばれた者である。物語性の欠如ゆえに、『騎馬オペラ』と『インテルビスタ』は、限りなく近い作品といえる。

七〇年代、私たちは十五歳でパリにいた。夢を見る必要があった。だから、よく映画館へ行った。フランス映画だけでなく、アメリカ映画もアジア映画もイタリア映画もあった。しかし、まったく別格としてフェリーニがいた。フェリーニは映画以上だ。手品で、サーカスで、コメディア・デラルテで、騙し絵で、詩句で、ディケンズで、プラトンで、プルーストで、スラング、翻訳不能な言葉、安物芸能、正真正銘の娼家、幻想、オペラブッフェ、教会のない神聖さ、野蛮な精神分析、檻のない動物園、骨董、未来主義、葬送の祈祷、段ボール紙のバロック建築、ビニールの高波、ローマ時代のフレスコ画は消滅し、悲壮で、挑発的で、とんでもない楽しさは調整され、ニーノ・ロータの音楽がつきあい、底なしにメランコリー。たったひとつだけフェリーニを非難するとすれば、作品が少なすぎたことだけだ。新作ができるまで、二、三年は待たなければならなかった。それは、私たちにとって永遠に思えた。だから新作の公開があれば、何も考えずに飛んで行く。なぜなら、そこでは最高の何かが待っていると約束されていて、若々しい芸術手法におずおずと近づこうとしていた時代だったからだ。期待に反したことはなく、信頼するだけの価値があった。

要するに、イタリアではスタンダール的で、フランスではフェリーニ的だった。彼の地では、民法や、感情の数学、恋愛戦術を持ち出した。こちらでは、グラディスカの胸を愛撫し、レックス号に乗り込んで、昔ながらの道化師に喝采を送り、『フェリーニの8 1／2』でタップダンスを踊りたがる老いた水兵に衝撃を受け、ニョッキ・パスタ祭りへついて行き、『そして船は行く』の若い女性と一緒に、紙でできた月に振り返って言った。

「なんて綺麗なの、偽物みたいね」。『カサノヴァ』でスタジオの中に、世界中の感動があふれた。この映画と同じ手法で、『シメール』の演出家は馬場の中に、世界全体を再現する。我々に幻想を与えうるだけの、真の芸術そのものを創り出し、それ以上に、創造者本人が自分に幻想を与えるような創造をしうる者が、この現代においては、決して数多くはいないのだ。

　私は、バルタバスの次のスペクタクルを待ちこがれている。かつて、フェリーニの映画を待ち望んだのと同じだ。再び、トリュフォーを引き合いに出すならば、フェリーニは、自己陶酔にひたるだけの勇気があり、自分のために作品を創っていた、という。バルタバスが、どこへ我々を導くのかわからない。どんな音楽で、どんな馬たちと一緒に、どんな美術で、どんな考えになるのかわからないけれど、それは間違いなく素晴らしい衝撃となるだろう。夢が人生を打ち負かし、潜在意識が意識より強く、美が醜悪なるものに報復し、子どものままの心が不安な老人に勝ちを収める。そんなスペクタクルを待ち続けている。現代の耳を聾する混乱の中でも、暗い井戸の縁に上がって、月の透き通った声を聞くことができる場所になるだろう。

訳注

*1　引用は『リルケ全集6　書簡』富士川英郎訳（彌生書房）による。

訳者あとがき

もう遙か昔に観た映画の一場面でしかないのに、バルタバスの名前を聞くと、ある映像がふと頭の中を横切ります。座り込む薄汚れた人びと、オレンジ色のスカーフを頭に巻いた女が洗う白い布の赤いしみ、石畳の上には水が流れ、そして赤い血が混ざり、宙を飛ぶ白い馬の蹄。白い光の下に馬とともに立っている白い仮面の男は、フランコーニであろうか、それとも……。物語は大して覚えていないけれど、白と黒、そして血の赤の映像だけが鮮やかに残り、忘れることができません。それゆえに、『ジェリコー・マゼッパ伝説』は、この本の著者の言葉を借りれば、時間に逆らって残る傑作といえるでしょう。

バルタバス率いるジンガロは、『ジェリコー・マゼッパ伝説』の公開当時に多少話題になって以降、日本公演の噂は流れるけれど、馬を日本に連れてくることがネックとなり、「幻」とまで言われてきました。一〇年以上、ジンガロの日本招聘に情熱を傾けられたカンバセーション　アンド　カムパニーの芳賀詔八郎社長のご尽力がついに実り、二〇〇五年にジンガロ日本初公演が実現します。まるでそれに合わせたかのように原書の『バルタバス、ロマン』が昨年八月にフランスで出版されました。翻訳によって、あまり知られていないバルタバスのこれまでの作品を多少なりとも紹介できれば幸いです。しかしながら、舞台作品を言葉で残すことは、死者への愛情を語るようなものでしかありません。読者のみなさんが、この稀なるアーティストの作品を実際に観て、夢のひとときを味わっていただくことが、百万の書物よりもっと如実にバルタバスの人となりを理解していただけるものと思っております。

同書の翻訳は、フランスのヌーヴォー・シルクの紹介に努力なさっているル・クプル・ノワールの小栗山麻子氏と吉川守氏がいらっしゃらなければ実現しなかったものと深く感謝いたします。門外漢であった馬場馬術について、八王子乗馬クラブ所属の大淵靖子氏に初歩から教えていただき本当にありがとうございます。大淵さんのご縁で、中沢新一氏からすてきな邦題をいただくことができました。また、友人の藤倉秀彦氏とフランク・フルワール氏の寛大で辛抱強い助力と励ましがあって、ようやく翻訳を仕上げることできました。ご両名に厚く感謝いたします。

最後に、この冒険ともいえる翻訳出版を引き受けていただいたアップリンクの浅井隆氏とスタッフのみなさんに心から感謝いたします。

二〇〇五年二月

訳者あとがき

著者：ジェローム・ガルサン

『ヌーヴェル・オブセルヴァトゥール』誌の文化欄の責任者。フランス・アンテール局の番組「仮面とペン」の司会者。ガリマール社から『落馬』（1998年ロジェ・ニミエール賞受賞）、『親密な演劇』（2003年フランス・テレヴィジョン賞受賞）などを出版している。

訳者：増澤ひろみ

セツ・モードセミナー卒。アテネ・フランセ卒。在日フランス大使館文化部を退職後、主に舞台芸術のフランス語通訳、翻訳者として活動。

美しき野蛮人、バルタバス

2005年3月20日　初版印刷
2005年3月31日　初版発行

著者　ジェローム・ガルサン
訳者　増澤ひろみ
発行者　浅井隆
装丁　大森裕二
発行所　有限会社アップリンク
〒150-0042 東京都渋谷区宇田川町37-18トツネビル2F
tel:03-6821-6821
mail:info@uplink.co.jp
http://www.uplink.co.jp
発売元　株式会社河出書房新社
〒150-0051 東京都渋谷区千駄ヶ谷2-32-2
tel:03-3404-1201（営業）
印刷・製本　株式会社ケーコム
Photo : ©Howard Baum. Droits réservés…表紙カバー
「キホーテとレマン湖のほとりを散歩するバルタバス（1986年）」
©Antoine Poupel…見返し

ISBN 4-309-90630-3
乱丁本・落丁本はお取替えいたします。
定価はカバー、帯に表示してあります。

CHE
CHE